그런 그림 그린

김녕순 에세이

그린 그린 그린

김녕순 지음

발행처 · 도서출판 **청어**
발행인 · 이영철
영　업 · 이동호
기　획 · 최윤영 | 김홍순
편　집 · 김영신 | 방세화
디자인 · 김바라 | 오주연
제작부장 · 공병한
인　쇄 · 두리터

등　록 · 1999년 5월 3일(제22-1541호)

1판 1쇄 인쇄 · 2011년 7월　5일
1판 1쇄 발행 · 2011년 7월 15일

주소 · 서울시 서초구 서초동 1588-1 신성빌딩 A동 412호
대표전화 · 586-0477
팩시밀리 · 586-0478

블로그 · http://blog.naver.com/ppi20
E-mail · ppi20@hanmail.net
ISBN · 978-89-94638-54-6　(03810)

그런 그런 그런

인생은 원인의 철학도 결과의 철학도 아니다.
여정(旅程)일 뿐이다.
희망과 절망, 기쁨과 슬픔, 충족감과 상실감이 공존하여
갈등을 일으키고 메아리 되어 파장을 남긴다.

서툰 글을 모아 엮은 늦둥이를 『그린 그린 그린』이라는 이름으로 뒤늦게 세상에 내놓습니다. 서른여섯의 나이로 세상을 뜨시는 날까지 손에서 『옥루몽』을 놓지 않고 애독하셨다는 친정아버님과, 한글과 한자까지도 혼자 익히시고 그 책의 구절을 암송하시던 친정어머님 영전에 이 책을 바칩니다.

극진한 사랑으로 가꾸어주신 시부모님 영전에도 이 책을 바칩니다.

이 책이 발간되기까지 이끌어주신 정목일 스승님과 격려해준 벗님들, 그리고 청어출판사에 깊은 감사를 드립니다.

저의 늦둥이가 빛을 보도록 성원해준 가족에게도 사랑의 마음을 전합니다.

김녕순(金寧順)

차례

작가의 말

그런 그런 그런

차례

그런 그런 그런

제1부

챙기기와 버리기

삶의 짐이 가벼워지도록 나쁜 기억이나

미움의 응어리는 일찌감치 버려야 한다.

이런 것들만 덜어내도 인생이 맑아지고 가벼워질 것이다.

떡잎

통일로에 들어섰다. 도로 표면에는 은행 단풍잎이 깔려 있고, 가로수 은행나무 가지에서는 노란 잎들이 떨어지고 있었다. 그 장엄하고 화려한 광경이 주는 전율은 나로서는 처음 겪는 일이었다. 강한 바람이 부는 날이라 비스듬히 사선으로 흩날리며 내리는 황금색 은행잎들은 마치 함박눈이 내리는 듯했다. 은행나무 잎들이 펄펄 날리며 쏟아지는 광경을 보는 것만으로도 가슴이 벅차올랐다. 차도에 떨어져서 쌓였던 노란 나뭇잎들이 질주하는 차 바퀴바람에 날려 서로 엉켜 신나게 춤을 추고 있는 것처럼 보였다.

좋은 것을 만나면 함께 나누고 싶은 것이 인지상정이다. 현관에서 물건만 주고받으려던 친구에게 급히 전화를 걸었다.

"바람이 많이 불어. 따뜻하게 옷 입고 한 시간 정도 외출한다 생각하고 나와."

아무리 바쁘고 시간이 촉박해도 은행잎 축제를 혼자 보고 즐기기엔 아까운 날이었다. 두 사람은 대화도 잊은 채, 흩날리는 은행 잎을 차창 밖으로 바라보며 그 광경에 심취했다. 우리도 가슴속에서 내뿜는 감탄사로 화답했다.

돌아온 뒤에도 며칠간은 바람에 날리는 은행잎들이 눈앞에 아른거렸다. 만산홍엽(滿山紅葉)이라 말하며 단풍잎을 칭송하지만, 붉을 단(丹)의 글자와는 거리가 먼 노란빛의 은행나무가 없다면 울긋불긋한 색의 조화는 어떻게 이루어질 수 있겠는가.

언젠가 경기도 연천군 미산면의 고려 유적지를 찾아간 적이 있다. 입구에 15미터가량의 큰 은행나무가 한 그루 서 있는데, 때마침 단풍철이라 노랗게 물들어 있었다. 잔가지들조차 하늘을 향해 뻗어 있고, 가지치기를 하지 않은 것 같은데 나무의 모양이 단정했다. 휘황한 황금빛이 가득한 채 당당한 모습으로 서 있었다. 한참을 보고 있으려니 황금의 왕관으로도 보이고 황금색의 곤룡포를 걸친 임금의 모습으로도 보였다. 왕관에 매달려 흔들리는 영락(瓔珞)조차도 보이는 듯했다.

우리는 단풍을 보면서 아름다운 색의 조화에 황홀해하거나, 쌓여 있는 낙엽을 밟으며 가을의 정취에 취한다. 나무가 이 가을에 일생을 기울여 황금빛을 빚어내기까진 폭풍과 땡볕, 눈보라의 시련을 거치지 않을 수 없었으리라. 추워지면 다년생인 나무가 저의 생존을 위해 무정하게도 잎들을 모두 떨어내 버린다. 언제까지나 햇볕을 받으며 가지에 달려 있고 싶은데, 어쩔 수 없이 퇴색하고 땅으로 떨어진다.

이렇게 생각하다 보니 어설픈 시심(詩心)이 시인의 흉내를 내도록 부추긴다.

떨잎(落葉)

네 이름은 떨잎
떨어질까 두려워 떨었다고 떨잎인가
매달린 채 버텨보다 떨어졌다 떨잎인가

햇살 받으며 의지했던 가지 그리워
땅 위에서도 떨면서 구른다

다시 흙으로 돌아가 따스한 봄볕 만나면
내가 있었던 그곳에서 잎이 되어 만나리라

나뭇잎은 엽록소로 나무를 돕고 열매를 맺을 수 있도록 역할을 다하였다. 어디 그뿐인가. 제 소임을 다한 뒤의 노년의 모습에서조차 고운 색의 단풍으로 아름답다는 칭송을 듣는다. 이제 나도 삶의 끝자락에 서 있으니, 한 그루의 나무가 되어 가을을 아름답게 장식할 수만 있다면 얼마나 좋을까.

　눈썰미가 야무지지 못하여서인지, 예쁜 꽃을 보아도 마음속 깊이 흔들리는 멋을 모른다. 아무리 기억 속의 영상들을 뒤적거려보아도 내 가슴을 흔들었던 꽃의 형상은 찾을 수가 없다.

　어느 해 겨울, 대전행 기차를 타고 졸며 잠들며 하다가 문득 눈을 뜨고 차창 밖을 내다보고는 깜짝 놀랐다. 어느새 온 세상이 하얗게 변해 있었다. 바람이 불 땐 바람소리, 물이 흘러갈 땐 물소리, 저마다 내는 소리가 있지만 눈은 펑펑 쏟아지며 온 세상을 흰색으로 뒤덮으면서도 정적 속에서 이루어낸다. 역겨웠던 온갖 더러움을 다 덮어버리는 정복의 힘도 소곤대며 이루어지는지 소리 없이 변화시킨다. 비록 한정된 시간 속의 정복이지만 온 세상의 더러움은 무릎을 꿇고 부끄러운 듯 모습을 감추고 만다.

　설경 속 눈꽃의 기억은 제법 세월이 갔건만 잊히지 않는다. 설악산에서 서울로 돌아오는 국도에서 만난 대설경보 속의 눈꽃은 아직도 눈앞에 선명한 그림으로 떠오른다. 펑펑 내리며 흩날리는 눈은 벗은 나뭇가지를 흰 옷으로 단장시키며 꽃을 피운다. 만발한 설화(雪花)의 무게를 못 이길 듯이 나뭇가지들이 휘어지며 견뎌낸다. 눈꽃의 아름다움은 여름날 황홀한 색감으로 뽐내는 다른 꽃들보다도 새로운 기억으로 오래도록 남아 있다.

가지에 쌓인 눈꽃은 저마다 모양새가 다르다. 봉긋봉긋 애기 주먹 같기도 하고, 순백의 청순한 꽃봉오리 같기도 하다. 헤아릴 수 없이 많은 나무가 꽃을 피우고 있을 때엔 탄성이 저절로 나온다. 백색이라 그런지 품고 있는 사연은 있을 성싶지 않다. 맺힌 한(恨)도 느낄 수 없으며 집착의 안간힘도 없어 보인다. 오로지 펑펑 내리며 눈송이로 나뭇가지에 사뿐히 꽃을 피울 뿐이다.

머지않아 햇볕에 사라져버릴 허망한 운명의 눈꽃일지언정 누가 이 위대한 창조를 부정할 것인가. 나는 조용함 속에 이루어내는 순백의 정화와 산 가득히 피어 만발한 수없는 눈꽃을 다시 만나러 지금 눈꽃여행을 떠난다.

길거리를 다니다 보면 요즘 온통 눈에 걸리고 발에 밟히는 게 '공짜'라는 글씨이다. 이동통신사들이 경쟁하며 내걸고 있는 휴대전화기 판매 때문이다. '오늘은 공짜', '말만 잘하면 공짜' 등등 그 표현도 가지각색이다.

세상에 아무런 미끼 없는 '진짜 공짜'가 정말 있을까. 세상을 믿고 싶지만 속고 속는 세상이라 "공짜라면 양잿물도 마신다"라는 말은 옛말이 되고 만 듯하다.

우리가 살아가면서 그저 공짜로 받겠다는 생각을 바꾸어 내가 남에게 공짜로 주겠다고 생각하며 살아가면 어떤 세상이 될까 가끔 꿈꾸어 본다. 그렇게 쉬운 일이 아니라는 것을 안다.

공짜를 주고받을 때는 조건이 있다. 주고 싶은 마음이 간절하게 솟을 만한 상대가 있어야 하고, 줄 만한 것을 가지고 있어야 하며, 받은 사람이 기뻐할 일이어야 한다는 세 가지 요소가 갖추어져야 한다. 그런데 이것도 참 어려운 일이다.

그래서 나는 내가 할 수 있는 일을 생각해 보았다. 가식 없는 말로 덕담을 아낌없이 표현하며 전하는 것이야말로 공짜로 줄 수 있는 최상의 선물이 아닐까 하고.

며칠 전, 길을 헤맨 일이 있다. 며느리에게 전화로 길을 물었다. 며느리는 내가 잘 알아듣지 못하자 금방 나한테로 달려왔다. 그러고는 직접 안내를 했다. 나는 며느리가 오는 도중에 휴대전화의 문자 메시지를 보냈다.

"나는 너 없으면 못 산다."

며느리에게 전하는 고마움의 표현이었다. 칭찬, 덕담에서 시어머니의 권위가 무슨 소용인가. 나는 최상급으로 표현하고 싶었다. 들어서 좋고 말하는 나도 기분이 좋아져 공짜로 시너지효과가 일어났다. 이보다 더 좋을 수 있겠는가.

봄날 꽃이 피고 여름에 푸른 잎이 무성하고 겨울에 흰 눈이 펑펑 내리듯이, 덕담으로 세상을 채워가며 더 밝게, 그리고 나의 삶도 더 밝게 채워가고 싶다.

챙기기와 버리기

　살아가노라면 짐을 싸게 되는 경우를 여러 차례 겪는데 그럴 때
마다 무엇을 챙기고 무엇을 버려야 할지 가늠하기가 어렵다.

　나는 열여덟 살 때 6·25 전쟁을 겪었다. 마침 어머니와 오빠는
고향에 다니러 간 터라 혼자 피난 짐을 싸야 했다. 앨범에서 떼어
낸 사진과 가정 시간에 배운 양재 재단법 노트, 그리고 영어사전을
챙겼다. 어려서의 모습과 여학교 시절의 사진이 지금까지 남아 있
는 것은 그때 피난 짐을 잘 챙긴 덕이라 생각한다. 피난지의 어려
운 살림에서 양재 노트는 마을 사람들의 와이셔츠, 남방셔츠 등을
만드는 데 도움이 컸다. 영어사전을 펼치고 등잔불 아래 단어와 예
문을 암기하면 학업이 중단된 초조함을 달랠 수 있었다.

　집을 비우고 떠나는 피난길에 어머니를 위한 물건으로 무엇을
챙겨야 할지 짐작하기 어려웠다. 문득 마루 밑의 장작 뒤에 숨겨놓
으신 트렁크가 생각났다. 차곡차곡 쌓인 장작을 모두 꺼내고 찾아

낸 트렁크에서 윤기 나는 옷감은 고가품이고 어머니가 아끼시는 포목 같아 모두 챙겼다. 제법 무거웠지만 등짐으로 메고 최전선을 넘나들며 12일 간을 걸어 대전에 도착했다.

뜻밖에도 어머니는 "이까짓 것들을 뭘 하러 가져왔느냐"고 몹시 화를 내셨다. 야속하고 무안했다. 무엇을 원하셨던 것일까. 그때에는 짐작할 수 없었으나 후에 나도 자식을 키운 뒤에야 화를 내신 이유를 알았다. 하찮은 옷감을 소중한 줄 알고 무겁게 지고 온 것이 안타까워 화가 난 것이었다.

내가 피난 짐을 메고 떠난 것을 모르고 뒤에 당숙(堂叔)이 혼자 있을 나를 데려가려고 우리 집에 들르셨다. 당숙은 내가 이미 떠나고 없으니 어머니가 애지중지하시던 재봉틀을 자전거에 싣고 열흘 넘게 걸어서 대전 지방까지 오셨다. 쇳덩어리이니 얼마나 무거웠으랴. 당시에는 재봉틀이 귀중품이었지만 험하고 먼 길에 끌고 올 만한 가치가 있는 것이었을까. 재봉틀을 받아 든 우리 어머니는 이번에는 화를 내지 않고 고마움만 나타내셨다.

어쩌면 우리는 무엇이 소중한지도 모른 채 살아가는지도 모른다. 하찮은 것을 소중하게 끌어안고 살아가지는 않을까. 그때마다 가치를 알아차려 버릴 줄 아는 지혜가 있으면 얼마나 좋을까.

금년 초여름에 갑자기 이사를 하였는데, 십여 년 만에 하는 이사라 버릴 것을 제대로 가려내기가 무척 힘들었다. 물건들을 정리하다 보니 십여 년 간 한 번도 쓰지 않은 것들이 많았다. 소용도 없는 물건들을 이제까지 소중하게 간직해왔던 것이다.

여행할 때도 마찬가지이다. 짐을 잘 챙기고 출발한 것 같지만 긴
요한 것이 빠져 있을 수도 있고 쓸데없는 것을 들고 다닌 경우를
여러 번 겪었다. 가벼운 여행 짐이 세련된 짐이다. 인생도 여행길
과 같다. 삶의 짐이 가벼워지도록 나쁜 기억이나 미움의 응어리는
일찌감치 버려야 한다. 이런 것들만 덜어내도 인생이 맑아지고 가
벼워질 것이다.

어제는 카메라 충전기와 연결코드를 넣은 통을 빈 것인 줄 알고
재활용 쓰레기에 내다 버렸다. 그 안에는 중요한 것을 저장한 메모
리 카드도 여러 개 들어 있었다. 뚜껑을 열어보는 아주 작은 동작
이 귀찮아 소중한 것을 버리고 말았다. 나이 탓에 엉뚱한 짓을 한
것 같아 덧없다는 생각이 자꾸 솟는다.

오늘 하루의 생활에서 무엇을 버리고 무엇을 챙길 것인가. 쓸데
없는 것을 안고 집착하지는 않는가. 소중한 것을 알아보지 못하고
흘려보내지는 않는가.

깨달음은 챙기고 집착은 버리는 지혜가 나에게도 깃들기를 바라
는 마음 간절하다.

나는 먹는 일이 최우선이다. 친구들과 비교할 때 많이 먹는 편이다. 물론 방해받기는 싫어하고 중간에 멈추는 일도 피한다.

결혼 전에 잡지에서 '미인소식(美人少食)'이라는 제목의 짧은 글을 읽은 적이 있다. 한 남성이 어떤 예쁜 여성을 좋아하게 되어 그 매력에 빠졌는데, 함께 식사를 하게 된 것이 탈이었다. 그 미인이 많이 먹는 것을 보고는 정이 뚝 떨어져서 그녀와 헤어졌다는 글이었다. 읽을거리로는 흥미로웠으나 나에게는 충격이었다. 그 글을 읽었을 때가 나의 약혼시절이었다. 미인도 대식(大食)하면 연인을 잃는데, 미인도 아닌 내가 많이 먹는 것을 보면 약혼자가 환멸을 느낄 수도 있다.

그 글을 읽은 이후로 데이트할 때면 식당 메뉴에 올라 있는 것 중 두 가지를 선택해서 먹고 싶다고 말했다. 사 달라고 말만 한 것이 아니고 두 그릇을 다 먹었다. '갈 테면 초저녁(약혼시절)에 떠나라'

는 속셈이었다. 연분은 따로 있었던지 약혼자는 굶주린 사람처럼 퍼 먹는 나를 보며 오히려 즐거웠다고 했다.

내가 젊었을 때는 보릿고개가 있던 시절이었다. 대가족으로 스무 명이 넘는 식구를 거두어야 하는 시부모님의 고충도 매우 컸으리라. 집에서 새는 바가지 나가서도 샌다고, 갓 시집온 새색시가 사양을 모르고 부끄러움도 모른 채 먹을 만큼 먹어야만 수저를 놓았다. 살게 마련이라는 말이 맞는지, 시부모님께서는 잘 먹는 것이 예쁘다 하시며 '더 먹어라, 더 먹어라' 하셨다. 신이 나서 먹고 또 먹었다. 이 무슨 주책이었던가. 식량난이 극심하여 6·25 직후 군대에 나간 국민 방위병들 중 많은 사람이 굶어 죽는 세상인데, 나는 배꼽이 뽈록 나오도록 먹어야 했다. 그런데 시부모님께서 타계하신 지금에야 철이 드니 보답할 길 없는 은공에 한숨짓는다.

며칠 전 사찰에 간 적이 있다. 미리 사찰 사무처에 전화로 공양을 부탁하였으나 가고 보니 주방과의 연락이 제대로 되어 있지 않았다. 일행 중 몇몇 사람이 준비해 온 것만으로는 부족할 듯이 보였다. 동행한 사람들은 충분할 것이라며 걱정들을 안 하는데, 나의 먹성으로는 어림도 없었다. 나는 서슴없이 주방 앞에 있는 여러 개의 큰 밥솥 뚜껑을 열어보았다. 밥이 남아 있었다. 주방을 들여다보며 물었다.

"점심 준비를 못 해왔는데 미안스럽지만 밥 있어요?"

'배고픈 이 밥을 주어 기사구제(饑死救濟) 하였는가,

목마른 이 물을 주어 급수공덕(給水功德) 하였는가.'

굳이 이런 회심곡의 구절을 머리에 떠올리고는 뻔뻔해질 수 있었다. 이 대목을 굳이 말로 인용하며 밥 주기를 청하지 않더라도 사찰 주방에 계신 할머니의 마음속에는 자비의 온정이 깊고 넓게 새겨져 있었으리라. 시장하다는 나이 요청을 물리치지 않을 것이라는 자신감도 있었고, 식사를 충실히 하겠다는 나의 의지도 작용하였겠지. 양푼에 제법 많이 퍼준 밥을 다 먹은 우리 일행은 속이 든든하여 하산할 때까지도 마음이 흡족하였다.

에피소드는 또 있다. 소도시의 역 광장에서 연세 높으신 분을 만나 함께 차를 타고 점심식사를 하러 가기로 했는데, 가보니 역 근처에는 주차할 만한 곳이 없다. 먼 곳 주차장에 차를 세우고 광장으로 뛰어가 기다렸으나 약속한 분은 좀처럼 오시지를 않는다. 12시를 훨씬 넘겼으니 내 배가 얌전할 수가 없다. 내릴 때 급한 마음으로 차 열쇠만 가지고 내렸기 때문에 쥐고 있는 것이라고는 열쇠뿐이다. 김밥 한 줄 사 먹을 수도 없다. 왕 짜증이다.

문득 보니 광장에서 노인들에게 무료급식으로 사발라면 한 개씩을 나누어주고 있는 것을 발견하였다. 반가워 뛰어가 줄을 섰다. 허기진 표정의 허름한 노인들이 줄 서 있었다. 그 줄 뒤에 가서 나도 차례를 기다렸다. 식사 약속이라고 그날따라 한껏 멋을 부려 옷을 골라 입고 모양을 내고 간 차림이었지만 무슨 상관이랴. 손에는 자가용 열쇠를 들고 걸식노인들이 드셔야 할 끼니를 먹으려는 내

24

가 염치없다는 생각이 들었다. 그러나 이 시점에서는 나도 걸식노인이다. 드디어 라면을 받고 다시 옆줄에서 뜨거운 물을 받아 부어, 급하지만 면발이 적당히 불도록 잠시 기다리다 뚜껑을 열어 후후 불어가며 서서 먹었다. 그 라면 맛은 고급식당에서 즐기던 어떤 요리보다도 더 꿀맛이었다. 사흘을 굶어도 체면을 중시해야 한다는 생각으로 사는 남편이 이 이야기를 들으면 기절 일보직전까지 가겠지. 아무튼 먹는 행위에는 이렇게 정열적이며 규칙적인 식사습관이 나의 건강을 지탱해주는 힘이라 생각한다.

매일 출근하는 사람처럼 하루도 쉬는 날 없이 서둘러 바쁘게 외출하고 늦게 귀가하는 나는, 여러 사람으로부터 "그렇게 나다녀도 지친 모습을 보여주지 않는 건강 비결이 뭐냐"는 질문을 받는다. 정답은 하나다. '식사를 세 번 충실히 하는 것'이라 생각한다. 요즘에는 한 끼에 잡곡밥 220그램을 정시(定時) 정량(定量)으로 지키려 애를 쓴다.

젊은 사람들이 체중감량 또는 바쁘다는 이유로 아침식사를 거른다는 얘기를 자주 듣는다. 제대로 식사를 안 했으니 시장하겠지만 그 감각도 익숙해지면 배가 고픈 줄을 모르게 된다. 그렇게 지내는 동안 서서히 배는 바보가 되고 건강은 좀먹어 갈 것이다. 우리 몸은 오래전부터 하루에 세 번 식사하는 것을 기본으로 생활하여 왔다. 가급적이면 제때제때 식사하는 습관을 가져야 한다. 미용 목적으로 식사를 가볍게 생각하는 것은 큰 것을 버리고 작은 것을 취하는 어리석음이라고 말하고 싶다.

　미식(美食)이 아니더라도 즐거운 식사, 규칙적인 식사가 우리 몸이 무리 없이 원활하게 돌아갈 수 있도록 받쳐주는 원천 동력이리라. 세 끼 꼬박꼬박 잘 먹어야 건강하고 활기차며, 건강해야만 사는 보람과 발전도 있을 것이다.

寧　웬일일까. 오늘 아침에 잠을 깨니 녕(寧)이라는 한자가 머릿속을 가득히 채운다. 눈을 감아도 눈꺼풀 안쪽에서 큼직하게 보인다. 나의 이름 세 글자 중 가운데에 사용된 한자로 때로는 이니셜로 쓰기도 하는 한자이다.

그대로 누워 클로즈업된 글자를 그림 감상하듯 본다.

위에 갓머리 '宀' 가 뚜껑처럼 얹혀 있고 손잡이까지 붙어 있다. 바로 밑에는 '마음 심(心)' 이 있고, 접시라는 뜻의 '그릇 명(皿)' 자가 접시가 되어 마음을 담아 얹고 있다.

바로 밑에는 정(丁)이 받치고 있다. 한자사전에서 '丁' 자를 찾아보니 '곡식을 그러모으다' 라는 뜻 외에 '친절하다' 라는 풀이도 있는 것을 보고 반가워 빙긋한 웃음이 절로 나온다.

내가 지향하는 삶의 모습이 이름자에 있구나 생각하니 신기한 생각이 든다. 친구들의 심부름도 잘 해주고 부탁도 고분고분 잘 들어준다. 친구들은 춘향과이고 나는 향단과이다. 언제 마음이 바뀔지는 알 수 없지만 사람을 섬기면서 살고 싶다. 그것도 취미의 하나일까.

언젠가는 '嚮' 자의 복잡한 획수 때문에 속자(俗字)가 사용될 것이라 생각한다. 그때에는 나도 좀 홀가분하게 쉬어 볼까.

　'미망인'이라는 낱말은 '남편과 사별하고 아직 죽지 못한 사람'이라는 뜻으로 쓰이고 있다. 맞는 말이기는 하다. 삶과 죽음이 이어져 있어서 때가 되면 누구나 생을 마감해야 한다. 건강하면서도 죽기를 기다리고 있는 사람은 없을 터인데, 남편과 사별한 외로운 여인에게 '아직 죽지 못한 사람'이라고 표현하는 것은 너무 비정한 것 같다.

　말도 세월 따라 쓰임이 달라져 요즘은 미망인이란 낱말은 부고를 알리는 유족란에 쓰여 있는 경우 외에는 별로 볼 수가 없다. 하지만 나는 며칠 전 '미망인'을 만났다. 다시 말해 남편을 따라 아직 죽지 못해 살고 있는 여인을 만났다는 표현이 맞을 것이다.

　친지 중에 나의 여학교 후배인 ㅈ 씨와 아들의 고등학교 스승인 ㄱ 선생은 같은 대학에서 만났다. 학생의 몸으로 가장이었던 궁핍

한 환경의 신랑후보와 넉넉한 집안의 딸과의 결합은 어려웠다. 신부 쪽 집안의 허락을 받아내기가 어려웠으나 졸업 후에 뜨거운 사랑으로 극복하고 결혼하였다. 부부가 함께 교사직에 있었지만 형제들의 교육비 지출 등으로 경제적 부담이 컸다. 어려운 현실 속에서도 한 쌍의 비둘기에 비유할까, 원앙에 비유할까, 아름다운 모습의 다정한 부부였다.

30여 년간의 긴 세월 동안 가까이 지내며 보았는데 그녀는 남편의 얘기를 언제나 미소로 경청했다. 손님과 함께한 자리에서 한 번도 나서는 일을 본 기억은 없다. 목소리가 작은 사람은 아니다. 가정에서 사회로 나오면 80여 명 가까운 교직원이 근무하는 중학교의 교장직을 흔들림 없이 수행하는 사람인데, 남편 앞에서는 다소곳한 여인의 자세를 갖는 것이 아름다웠다.

어느 날 갑자기, 그런 부부 사이를 죽음이 갈라놓았다. 가을이 깊어가고 밤은 길어졌는데 남편을 저세상에 보낸 가슴이 얼마나 헛헛하고 쓸쓸하랴. 늦은 가을이라 해도 기온이 뚝 떨어져 제법 추위까지 느껴지는 때라 농장에는 없을 것이라 생각하면서도 찾

아갔다. 나뭇가지 사이로 작은 체구의 그녀가 회색 옷을 입고 서성이는 모습이 보여 반가웠다. 사별한 지 벌써 반년이 지났다. 한 달이 지났을 때보다도 두 달째에는 더 야위어 보였다. 초여름에는 더 까칠까칠해 보는 마음도 아팠는데, 두어 달 안 본 사이에 제법 피부가 환해지고 얼굴도 제 모습을 찾은 듯이 보였다. 남편 생존 시에도 연한 화장만 하던 그녀였지만 혼자된 후로는 흔한 로션조차 바르지 않는다는데, 피부에는 생기가 살아나 보였다. 슬픔에서 벗어난 것은 아니다. 우리를 보더니 소낙비를 맞고 있는 얼굴처럼 철철 눈물이 흐른다. 그 슬픔을 안은 채 용케도 버틴 힘은 나무 손질과 풀 뽑기와 건물 관리 등의 작업 때문이라고 했다. 일이 슬픔 속에서 일어서는 힘을 준 것이었다. 먼저 간 사람이 못다 하고 가면서 남긴 일을 하고 있다는 신념에, 하늘을 쳐다보고 슬퍼할 겨를이 없었기 때문이리라. 미술을 전공한 섬세한 손은 거칠어졌고 여러 개의 작은 상처도 보였다. 흙일과 나무 손질이 얼마나 어려웠을까.

"제가 할 일을 강 서방이 다 일러주고 간 것 같아요. '여기도 손봐야 한다. 이 일도 해야 한다'라던 말에 따라 이쪽 마당에 흙을 돋우고 물길을 내주고, 여기에는 석축을 쌓았고, 서고에 습기가 스며들지 않도록 주변에 포장공사를 했어요."
그녀의 말을 듣고 둘러보니 놀라지 않을 수 없었다. 남자가 하더라도 2년은 걸려야 할 수 있는 일이었다. 서울에서 새벽 4시 반에 출발하여 6시에 포천에 있는 농장에 도착하면 약속된 사람들과 함께 일을 했다 한다. 오전과 오후 2부제로 교대시키면, 본인은 하루 종일 앉아보지도 못한다고 말한다. 작은 체구 어디에 그런 힘이 들어 있었다는 말인가. 오로지 남편이 못다 하고 남기고 간 일들을 차근차근히 하고 있다는 유대감 속에서 건강이 유지되고 끈기가 이어진 것인 듯하다.

농장은 작은 박물관과도 같다. 건물 한 채에는 책과 여러 가지 자료가 놓여 있다. 애장품들도 질서 정연하게 소장되어 있다. 오랜 기간에 걸쳐 스크랩된 자료를 보면 어찌 이리도 꼼꼼하고 소중하게 보관했을까 놀랍다. 남편이 생존 시에 "학생 시절의 노트를 죽기 전에 전부 꼭 한 번씩 다시 읽어보겠다"고 말한 것을 기억하며 미망인은 영정사진 앞에 돋보기와 담배와 라이터 등을 갖추어 놓았다. 서재에서 밤새도록 책이나 노트를 읽을 남편을 위해 서울로 돌아갈 때도 난방을 약하게 켜놓고 간다고 말했다. 남편이 이 세상을 하직했는데도 그녀는 함께 있는 것으로 생각하며 "여보, 오늘은……" 다정하게 말을 건다. 그 모습을 보니 안타까울 뿐이다. 한편 애처로우며 아름답다.

나는 아직도 끊이지 않고 이승과 저승을 오가며 이어지는 그들의 대화와 부부 사랑을 생각하며 그녀를 '미망인'이라고 부르련다. 그녀는 아마도 30대 때에 혼자 남았더라도 다른 인연을 맺지 않고 죽음을 기다리며, 한 사람만을 향한 가슴으로 생을 마쳤을 것이다. 이런 생각이 나만의 착각일까.

위험과의 조우

어느 장마철 우리 부부는 청주에 간 일이 있다. 이미 늦은 시간이어서 가까운 수안보 온천에서 숙박하기로 했다. 늘 그랬듯이 남편은 보조석에 앉고 내가 운전을 하였다. 어둠이 깔리는 낯선 지방도로에서 방향 표지판만 보고 달렸다. 새로 개설된 도로는 비에 젖어 검게 윤기가 났고, 그려놓은 지 얼마 지나지 않은 백색 차선은 처녀의 가르마처럼 반듯하게 보였다.

산 쪽으로 화살표가 되어 있는 곳에 이르렀다. 겨우 차 한 대만이 갈 수 있는 좁은 길인데도 이정표에는 '수안보'라고 표시되어 있었다. 오르막길이 고갯마루 쪽으로 굽이굽이 이어져 있어 미심쩍었지만 우리는 산길을 오르기 시작했다. 약하게 오던 비가 산 중턱을 지날 무렵에는 억수같이 내리퍼부었다. 차를 돌릴 수도 없는 좁은 길이었다. 산중이니 차를 세우고 비가 그칠 때를 기다릴 수도, 차를 돌릴 수도 없는 상황이었다. 어서 고개를 넘어야 한다는 조바심이 났지만 내색하지 않고 운전을 계속하였다. 평소 돌다리도 두들겨보고 건너는 성품인 남편이 긴 침묵을 깨고 입을 열었다.

"암만해도 여우한테 홀린 것 같은데……."

"홀릴 바에는 도깨비한테 홀려라."

나는 농담조로 대꾸했으나, '여우귀신은 더 무서워. 차라리 도깨비가 낫지'라고 속으로 말을 이었다.

그러고도 얼마나 더 올라갔을까. 갑자기 길은 없어지고 개울물이 가로막고 있었다. 왼쪽 산허리에서 물이 폭포수처럼 내려와 길을 끊어놓은 것이다. 물은 벼랑으로 흘러가고 있었다. 황급히 차에서 내린 남편은 당황한 목소리로 외쳤다.

"안 돼! 빨리 차 돌려!"

이미 물이 남편의 정강이까지 차 있었다. 우리는 급히 차를 돌리려고 온 힘을 다했다.

"오라잇. 오라잇!"

"좀 더 오른쪽으로! 더 오른쪽으로!"

"스톱! 스톱!"

있는 힘을 다하고 기량을 부려 핸들을 돌려보았지만 차를 돌리기에는 길이 너무 좁았다. 비는 더욱 세차게 퍼붓고 개울물은 점점 불어나고, 오도 가도 못하는 절박한 상황에 갇혔다.

개울을 건너려다 물속에서 시동이라도 꺼지면 끝장이라는 생각이 들었다. 개울만 건너면 바로 길이 보이는데…….

더 이상의 선택의 여지가 없었다.

"후진해 갈 터이니 따라 오세요!"

나는 비장한 각오로 산길을 후진하기 시작했다. 오른쪽은 낭떠러지다. 우측으로 미끄러지는 날에는 벼랑으로 떨어져 차도 사람도 산산조각이 날 것이다. 영영 이별일지도 모를 남편의 뛰어오는 모습을 라이트의 불빛 속에 보면서 침착해지려고 애를 썼다. 마음을 다잡으며 굽이굽이 긴 산길을 계속 후진해 내려갔다. 1킬로미터도 더 되는 먼 거리였다. 올라가면서 차를 돌릴 만한 장소를 봐 두었던 곳까지 후진을 하였다. 안전한 곳까지 뛰어온 남편을 만나니 실로 악몽에서 깨어난 듯했다. 다음 날 뉴스에 수안보 온천 지역이 기록적 집중호우로 피해가 몹시 컸다고 했다.

지금도 그때를 생각하면 심장이 얼어붙는 것 같다. 그날 밤 산중에서 겪은 위험은 기록적인 호우 탓만이 아니다. 또한 갑자기 일어난 우연한 사건도 아니다. 단지 입구에 있는 좁은 다리를 지났는데 그 다리가 '생과 사'의 갈림길이었다고 말하고 싶은지도 모른다. 그러나 돌이켜보면 캄캄한 빗속의 초행길을 가면서 내 마음속에 자리한 만용 때문이었다. 그 일이 있은 후로 자신을 과신하는 오만으로 무모한 전진을 즐기고 살지는 않았는지 돌아보게 되었다.

펼쳐질 내일은 언제나 가지 않은 길이다. 하루를 열었을 때 일상의 다른 모습으로 어떤 위험이 복병처럼 기다리고 있는지 가끔은 궁금해진다. 한편으로 신중한 전진과 현명한 후진을 적절하게 대처할 궁리를 하면서 야릇한 충동질이 일어나기도 한다.

U턴

도로에 U턴 허용 지점이 없으면 어떻게 할까.

나는 U턴이 없으면 못 살 것 같다. 별것도 아닌 것에 사네, 못 사네 하며 호들갑을 떠는 것 같겠지만 나로서는 U턴의 표지판 덕을 단단히 본다. 운전경력은 수십 년을 넘어 자동차경기에 나가 입상한 일이 있는데도 길눈이 어두워 갈 곳을 제대로 찾지 못하고 헤매는 일이 많다. 또는 급한 성미 탓에 휙 하고 목적지를 지나칠 때도 종종 있다. 이런 때면 가던 길을 되돌아와야 하는데, 도심 거리에서는 보행하듯이 내 맘대로 차를 돌릴 수 없어서 U턴 허용 지점까지 가서야 차를 돌린다. 동승자가 있는데 길을 헤매며 거듭 U턴을 하게 되면 계면쩍어서 하는 말이 있다.

"난, U턴 없으면 못 살아!"

어떤 때는 좌회전을 하려고 일차선으로 미리 들어서서 교차로 정지선까지 왔는데, 뜻밖에도 신호등 옆에 좌회전 금지 표시가 있으면 실제보다 더 크게 확대되어 보이면서 '아, 어쩌나! 못 가네' 하며 앞길이 막막해진다. 사실은 별일도 아닌데 말이다.

'못 가게 해놓았으면 또 다른 길로 갈 수 있게 해놓았겠지' 하며 마음의 여유를 가지고 직진하다 보면 얼마 가지 않아 반드시 U턴 표지판이 있어 차를 되돌릴 수 있다. '통하지 않는 길은 없다' 는 말이 맞는 것을 보여주듯이 말이다.

도로 교통법에서 U턴에 관한 법을 위반했을 때에는 벌점도 크고 범칙금도 많다. 그만큼 위험부담이 높고, 사고 시에는 피해가 크다는 점에서 엄격히 규제하고 있는 듯하다.

우리는 태어나면 멈춤 없이 인생의 종착지를 향하여 가고 있다. 앉아 있어도 가고 있는 것이며, 수면 중이라 할지라도 전진은 계속되고 있다. 교차로에서의 신호등처럼 적색으로 정지를 제시하고, 황색으로 경고해주며, 청색으로 진행을 촉구하는 신호등을 인생살이에서도 볼 수 있다면 한평생 살아가는 것이 얼마나 수월할까? 그렇다면 시행착오도 줄일 수 있고 치명적인 과오도 없으련만, 오감을 곤두세워도 신호는 보이지 않는다. 보이지 않는 인생 신호등을 볼 수 있는 능력을 계발하기 위해, 책을 읽기도 하고 종교에 의지하기도 하며 여러 가지 방법으로 통찰력을 계발시키려 애를 쓴다.

요즈음에는 위성항법장치인 GPS(Global Positioning System)의 위

성정보로 선박이나 비행기뿐만이 아니라 달리고 있는 차량의 진로까지도 실시간으로 알려주어, 목적지까지 최적의 길을 찾아주는 내비게이션을 차량에 장착하면 "30미터 앞에서 좌회전입니다" "20미터 전방에 터널입니다"라는 예쁜 음성안내를 받을 수 있다. 우리의 삶에서도 진로를 바꿀 시점과, 선택의 갈림길에서 최선의 방향을 안내해주는 인생 내비게이션이 있으면 헤매는 일도 없을 것이며, 기로에서도 후회 없는 선택이 가능할 것이다. 암담하고 긴 터널을 만났다 할지라도 머지않아 벗어난다는 확신만 있으면 안도감을 가질 수 있어 초조와 불안을 참고 견딜 수 있지 않을까?

어차피 인생 내비게이션이 아무에게도 아직 없으니 인생길에서도 좌회전 금지 표지판을 만나 의도한 대로 회전이 안 될 때, '앞길이 막혔다'는 절박감 속에서도 여유를 가지고 U턴 표지판을 향해 나아가보자. 회전할 때에는 희망적으로 기대를 가지고 회전하자. '회전할 길조차 없는데 회전은 무슨 회전이냐'고 투정하지 말라. 하늘이 무너져도 솟아날 구멍이 있다는 말을 믿고, 사방이 막혔으면 위(上)로라도 길이 열리기를 기다리자.

이때에 꼭 해야 할 일은 숨 고르기이다. 막힌 상황에서 나의 숨까지 막히게 할 수는 없다. 호흡이라도 조율하며 전력투구할 때를 준비하자. 막힐 듯하던 기(氣)는 통하고, 언젠가는 앞길이 툭 트일 것이다.

삶의 흔적

만남과 헤어짐의 되풀이 속에 세월이 가고 있다. 서로 기억하는 일, 혹은 한 쪽만이 기억하는 일들을 싣고 세월은 흘러간다.

일주일 전, 나는 낯선 여인으로부터 전화를 받았다. 중학생 때에 영어 단어 100개를 다 맞추어 만점 받았다고 상으로 영한사전을 받은 아무개라 한다. 그 말을 하는 음성은 가늘게 떨리고 있었다. 45년의 세월이 흘러 59세의 아낙이 된 지금도 선생님 대하기가 두려워서일까. 전화 통화의 반가움으로 상기된 탓일까.

우리는 전화로 만날 날짜와 장소를 의논하다가 나는 무엇이나 잘 먹는다며 제자에게 정하도록 했다. "남편과 함께 가겠습니다"라는 말을 거듭하지만 나로서는 제자와 단둘이 편하게 만나기를 원했다.

"혼자 나와요. 바쁠 터인데 왜 함께 오려고 그래?"

"아니에요. 선생님을 잘 모시려면 함께 가야 해요."

"카드만 가지고 나오면 어디에서라도 잘 모실 수 있어."

잘 모시겠다는 말을 거듭 말한다. 정성을 다해 선생님을 대접하겠다는 말에 카드만 있으면 잘 모실 수 있다는 대꾸가 얼마나 물질 위주이며 속된 표현인가. 바쁠 제자의 남편을 생각해서 농담 반으로 말했지만 너무 현실적인 말이었던 것 같다.

약속한 장소에 부군과 딸을 동반해 나와 있다. 자신의 삶을 보여드리는 것이 예의이기 때문에 온 가족이 선생님께 인사를 드려야 하는데 아들은 함께 못 와 죄송하다고 거듭 말한다. 그러한 마음에 가족이 동조해주며 협조하기가 얼마나 어려운 일인가. 가족사진을 찍으려면 한 자리에 모이기가 어려웠던 일을 많은 사람이 겪었으리라.

제자의 부군은 복날 더위를 아랑곳하지 않고 정장 차림을 하고 왔다. 예를 갖추어 인사를 하려 해 펄쩍 뛰며 사양했다. 표정이 맑고 온유하며 눈매에 정이 많다. 최선을 다하면서 사는 모습이 태도에서 엿보인다. 딸도 밝은 표정으로 마치 자기의 스승을 대하듯이 반갑게 인사를 한다.

무역사업이 크게 성공하였던 얘기, IMF 때에 환차손으로 막대한 손해를 입고 실패한 때의 어려움과 후유증으로 남편이 심장병으로 수차례 구급차에 실려 가던 이야기를 들려준다. 말에 조리가 있고 적절한 표현을 쓰는 것이 글을 써도 잘 쓸 성싶었다. 우리는 자주 만났던 사이인 양 담소하였다.

소녀도 나이를 먹는가. 다른 회기의 졸업생들로부터 회갑 잔치에 참석해 달라는 연락을 받고 참석해 보니, 40여 년 만에 만나는 제자들도 많았다. 단발머리는 반백이 되었고, 삶의 흔적인 주름살도 눈에 띄었으나 모두 예쁘게 보인다. 어떤 제자는 스승의 날에 해마다 꽃바구니를 보내오기도 하고, 미국에서 자주 국제전화로 안부를 물어오기도 한다. 나는 고마움과 함께 부끄럽기도 하고, 더 좋은 스승이 못 된 것이 미안하다.

살면서 겪는 일상의 일들이 물 흐른 자리처럼 흔적 없이 잊히기도 하고, 좋게 또는 나쁘게 기억에 남아 있기도 한다. 누구나 상대에게 좋은 기억으로 남아 있기를 원하지만 자신도 모르게 상처를 입힌 일이 많을 수도 있다.

교사 시절에 나는 어쩔 수 없이 줄곧 생활 지도부를 맡았다. 학생들을 엄하게 대하는 것이 교사로서의 직책을 완수하는 일이라고 생각하고 등교시간 교문에서 치마 길이와 두발의 길이를 철저히 검사했다. 지적당한 입장에서는 어쩌면 아직도 잊지 않은 채 떠올리기 싫은 과거사로 남아 있지나 않을까.

시험에 만점 받은 학생을 칭찬하며 상을 주었다면 시험성적이 부진했던 학생은 심하게 꾸짖지나 않았을지 걱정된다.

지금은 잊어서인지 나의 기억에는 성적 탓으로 꾸짖은 기억은 없다. 내가 자식을 낳고 기르기 시작한 후로는 성적과는 관계없이 제자들이 모두 소중하고 사랑스러웠다. 그러나 학생들의 복장과 머리 모양에서는 까다로운 여선생이었다. 여러 번 심하게 단속했던 김 아무개라는 여학생을 가끔 떠올리며 만나고 싶은 마음이 든다. 만날 수만 있다면 그 제자에게 사과하리라.

좋은 기억을 안고 살아 온 제자와의 자리가 훈훈하고 옛 이야기로 꽃을 피우듯, 제자 김 아무개와도 웃으며 옛말을 나누고 싶다. 나의 꾸짖음으로 입은 상처의 옹이도 뽑아주고, 어른이 되었을 옛 소녀를 칭찬도 해주고 싶다. 대견스럽게도 이제는 할머니가 되어 있겠지…….

　세월에 실려 보내는 이런 일, 저런 일들이지만 아무쪼록 좋은 기억만을 서로의 가슴에 남기며 살 수는 없을까.

잘 산 하루

해외여행 갔던 사진이 아닙니다. 해외여행이 별건가요. 국내, 아니 서울 시내에서도 마음속에 즐거움만 가득하면, 오늘을 살고 있다는 기쁨의 날이 된다고 생각합니다.

지금은 50살이 넘은 아들의 중학교 때 친구의 어머니들이 친교를 맺고 이어온 지가 어언 40년을 바라봅니다. 앞장 선 사람의 뒤를 따라갔습니다. 과연 소개말과 같이 값싸고 맛있는 집이었습니다. 식사 후에 차(茶)는 젊은 사람들이 드나들어 값이 싼 찻집에서 마셨습니다. 몸소 차려다 먹어야 하는 번거로움이 있었지만 차 맛이 좋고 산뜻한 분위기의 장소이더군요.

찻집에서 나오니 길옆에 장치되어 있는 조각상이 눈에 띄었습니다. 누가 먼저라고 할 것도 없이 조각품을 배경으로 섰습니다. 행인들은 할머니들의 밝은 모습에 웃음을 참으며 부드러운 표정으로

힐긋거리는데, 우리는 아랑곳하지 않고 포즈를 취했습니다. 로마의 조각상 앞에서 사진을 찍던 때처럼 부풀은 기분이었습니다. 카메라를 가지고 가지 않았기 때문에 휴대전화로 찍었습니다.

아들 친구의 어머니들은 처음에는 사진을 찍을 때면 계면쩍어했는데, 지금은 자연스러운 표정으로 좋은 모습을 남기는 일에 적극적으로 함께합니다. 카메라 렌즈 앞에 익숙해졌듯이 노년의 홀로서기도 나날이 더욱 힘이 붙으리라 생각합니다. 자식을 키울 때 우리의 아가들이 잘 먹고 잘 자는 것이 기쁨이요 효도였습니다. 이제는 우리 엄마들이 스스로 잘 놀고 즐겁게 모여 놀고 있다는 안도감을 주어 제 할 일에 전념할 수 있도록 하는 것은 자식사랑의 방법이요, 자식을 도와주는 일이라고 모두 생각합니다.

중학교 시절 빡빡 깎았던 아들들의 머리도 반백이 되어 있습니다. 우리는 그런 오랜 세월 동안 일 년에 한두 번씩 만나면서 정을 이어오고 있습니다. 우리가 30대 때에는 여덟 명이 모였는데, 70대인 지금은 다섯 사람만 모이고 있습니다. 타계하신 분도 있고 건강상 참석하지 못하는 분도 있기 때문입니다. 한결같지 않은 게 인생이니 어쩌겠습니까.

수십 년 전에는 오로지 아들 공부가 화제였으나, 어느덧 화두는 우리의 건강이나 생활정보로 바뀌어 있더군요. 세월이 남기고 가는 흔적인 나이테에 노숙(老熟)의 무늬를 곱게 남기려고, 함께 서점에 가기도 하고, 영화를 보기도 합니다. 별스럽지 않았던 한 그루 나무라 해도 70여 년을 살면 무성해졌겠지요. 우리가 굳건히 서 있기만 해도 자식들에게는 존재의 의미가 있을 것입니다. 나무 아래에는 그늘도 드리워 자식이 찾아오면 어미 품으로 푸근히 감싸 안고 싶습니다. 노여움을 멀리하면서 늘 맑은 마음을 지녀, 사는 날까지는 건강하도록 노력해야겠습니다.

사진의 표정이 밝아 보이지요? 오늘 하루도 자~알 산 날이었습니다.

신앙은 삶의 버팀목이다
- 영화 '밀양(Secret Sunshine)'을 보고

2007년 7월에 개봉한 영화 '밀양(密陽)'은 프랑스의 칸 영화제에서 여우주연상을 받은 영화이다. 여주인공 신애가 겪는 영혼의 아픔을 표출해내는 전도연의 내면 연기에 감탄도 컸지만, 영화의 내용에서 받은 종교적인 상념이 오래도록 머리에서 떠나지 않았다.

라스트 신은 등장 배우도 없는 구질구질한 마당 한구석을 오랫동안 고정화면으로 보여준다. 폴리 병이 나뒹그러진 어두운 마당에 고집스레 포커스를 잡고 있더니, 그 마당을 배경으로 글자들이 흘러 올라가는 엔딩 크레딧(Ending Credit)이 시작되었다. 시시해 보이는 장면일지라도 분명 저마다 지닌 뜻이 뭔가가 있을 터인데, 아무리 눈을 크게 뜨고 보아도 그 장면의 의미를 알 수 없었으며 감독의 의중을 헤아릴 수 없었다. 움직이며 올라가는 글자들 속에서 해독한 것은 오로지 이청준의 소설 '벌레 이야기'를 영화화했다는 정보뿐이었다. 원작소설을 읽고 답을 찾아볼까 생각도 했지만 영화에서 받은 느낌을 흐리게 할 뿐, 그것은 바람직한 방법이 아닌 듯했다. 함께 간 남편도 모르기는 나와 마찬가지였다.

며칠 후, 마지막 장면을 더 자세히 보기 위해 다시 영화관에 갔다. 대충 보고 있다가 영화가 끝날 즈음에 바짝 긴장하면서 살펴보니 지난번에 보지 못했던 자그마한 햇빛 조각이 보였다. 어둡고 구질구질한 마당 가운데에 손바닥만 한 햇빛 두 조각이 뽀얗게 내려앉아 빛나고 있었다.

그 햇빛의 존재를 확인하니 답답했던 속이 뚫리고 풀지 못한 숙제를 푼 듯이 개운했다. 영화 제목이 '밀양'이다. 부제는 비밀스러운 햇빛(Secret Sunshine)이니 쉽사리 보이지 않을 만도 했다. 아는 것만큼 보이고, 보이는 것만큼 내 것이 된다는 말이 맞는지 햇살이 눈에 보이고 나서야 비로소 그 장면의 의미를 알 수 있었다. 신애네 마당에 어느 틈새로 비집고 들어왔는지 햇빛은 두 조각이나 비치고 있었다. 핀잔을 놓는 신애를 맴돌면서 돌봐주려고 애타는 종찬이도 하늘이 보낸 햇빛의 한 조각이며, 신의 은총이라는 생각을 하였다.

영화의 시작은 젊은 신애가 교통사고로 떠난 남편의 고향에서 살기 위해 낯선 곳, 밀양으로 어린 아들을 데리고 찾아가는 장면으로 열린다. 남편이 그리워 못 견딜 때에는 거실 긴 의자에서 생전의 남편 흉내를 내며 잔다. 코를 골던 남편의 흉내를 내가며 외로운 마음을 달랜다.

어린 아들이 유괴 살해당하는 참혹한 사건이 불쌍한 신애 앞에 또 일어난다. 모두 잃어 가진 것이 없으니 더 빼앗길 것도 없어 죽지 못해 사는 상처 입은 영혼은 이웃의 전도로 교회에 다니게 되고, 신앙을 통해 치유와 안정을 찾게 된다. 뜨겁게 신을 영접한 신애는 치유를 넘어 원수를 용서하고 사랑하려는 경지에까지 이르렀다.

아들을 유괴하고 살해한 흉악범을 용서하기 위해 교도소로 면회 간 신애는 뜻밖에 평온한 표정의 살인범을 대하게 된다. "이곳에서 종교를 갖게 되어 신(神)에게 회개하고 용서를 받아 지금은 마음이 평안하다"는 말을 쉽게 하는 죄수를 대하는 신애의 영혼은 또다시 요동친다. "내가 용서를 안 했는데, 누가 나보다 먼저 용서를 할 수 있단 말인가?"라고 울부짖는다. 아들이 살해되었을 때보다 더 큰 혼란에 빠져 신에게 반문하며 종교를 부정하게 된다. 관객은 여기에서 '고백하고 회개하면 죄의 용서를 받는다'라는 종교적 논리에 저항을 느꼈을 것이다. '나쁜 짓 하고도 회개하면 용서를 받아?'라고.

용서를 받았다고 믿는 사람은 평온하고, 용서하지 못하는 사람은 고통 속에서 신음하는 것을 보며 안타까웠다. 삶은 상대적인 관계이므로 이래저래 감정의 영향을 받으며 산다. 상대의 잘못을 질책하는 마음에 빠져 나 자신까지도 휘말려 분노의 말로 나를 망가뜨리거나, 중심을 잃고 휘청거리지 않을 지혜를 기르고 싶다. 그것은 깊은 신앙의 힘이나, 고도의 자기 수양으로 가능하겠지만 꾸준히 노력하여 오늘보다 나은 내일의 나를 발현하고 싶다.

신애의 영혼은 방황과 황폐 속에서 몸부림친다. 신(神)에 대한 반항 심리로 교회의 장로(長老)를 유혹한다. 신애의 적극적인 성적 유혹에 현혹되어 남자의 욕정은 분별력을 잃었다. 장로는 일을 저지르기 직전에 이성으로 돌아와 유혹으로부터 자기를 지킨다. "저희를 유혹에 빠지지 않게 하시고, 악에서 구하소서"라고 간절히 기도하였던 힘 때문일까? 어떤 기도일지라도 기도로 정신무장이 되면 악으로부터 자기를 방어하는 갑옷을 입는다는 생각을 되새김하였다.

장로를 유혹하여 성행위를 유도하였으나 실패한 신애는 그 행위에 대한 혐오감으로 심한 구토를 하는데 그 장면이 매우 인상 깊었다. 성행위는 사랑으로 교감하는 가운데에 성적 합일점이 이루어지고 그 희열은 미적승화의 경지까지도 이루어내지만, 사랑과 어긋났을 때에는 불결하며 매도 당하는 행위가 되는, 서로 반대되는 양면을 공유하고 있는 것을 구토 장면으로 보여주는 것 같았다.

정신병원에서 퇴원한 후에 그동안 길게 자란 머리를 다듬으려고 미용실에 갔는데 미용사가 된, 아들의 살해범의 딸과 마주친다. 긴 머리카락을 자르도록 맡기고 앉아 있던 신애는 중도에 감정을 주체하지 못하고 벌떡 일어나 뿌리치고 뛰쳐나온다. 커트가 중단된 자기 머리모양을 집에서 가위를 들고 스스로 다시 바르게 다듬는다. 그 거울 귀퉁이에는 어미 가슴에 묻고 살아갈 아들의 사진이 꽂혀 있고 때마침 대문을 들어선 종찬이는 거울이 잘 보이도록 들어주고 있는데, 이 장면은 신애가 삶을 다시 조율하며 종찬이와 더불어 새 출발한다는 암시가 아닐까 싶다.

'믿는 자에겐 복이 있나니……' 귀에 익은 이 말이 생각난다. 신애가 영혼 속에 신을 영접하고 신앙을 가졌을 때에는 위안과 평온을 유지할 수 있었으나 회의와 부정 속에서 신을 잃고 신앙을 버렸을 때에는 혼란과 원망하는 마음에 시달려 자살을 기도하기도 하고 끝내는 정신병원에까지 입원했다.

기도로 신과 교감하며 신을 의지하고 영혼을 맡긴 사람은 용서와 평안을 얻고, 악에서 구함을 받는 것을 영화 '밀양' 속에서 보았다. 신앙은 우리의 삶을 지탱해주는 버팀목이 아닐까.

제 2 부

무슨 사정이 있었겠지

급하게 부정적으로 판단하지 않고 여유로운 마음으로 받아들이면
치밀어 오르는 울화를 제어하느라 애쓸 필요도 없다.
이럴 때 '무슨 사정이 있었겠지' 라는 한마디야말로
섭섭함과 실망으로 시달리는 심정을 어루만지는 약손일 것이다.

눈을 받아 길을 만드는 사람

지난해 여름, 책상 밑에 부착된 컴퓨터 자판기 받침을 개조하기 위해 여러 곳의 가구 철물점을 찾아다녔다.

"그런 것 없어요."

"그대로 쓰셔요."

대부분이 시큰둥한 반응을 보였다. 그러던 중, 한 곳에서 맞춤가구 공장 위치를 알려주며 가보라고 한다.

찾아가 보니 제법 규모가 큰 공장이었다. 이러이러한 모양으로 개조하기를 원하는데 비용은 개의치 않겠다며 거절당하지 않도록 미리 말했다. 자판기를 받아든 사장은 진지하게 한참 살펴보더니 철물점으로 전화를 건다. 여러 곳과 통화한 끝에 구하는 레일이 있는 상점과 연결되었다. 직원을 불러 가구 장식을 사다가 개조하도록 지시를 내렸다. 나의 눈은 반가움과 안도의 빛으로 반짝였으리라.

50대로 보이는 사장은 농사꾼 같은 인상이었다. 손은 힘들었던 삶의 여정을 보여주는 듯했다. 학교 갈 나이에 목공소에서 일하면서 서투른 망치질에 다쳤던지 엄지손톱이 망가져 있었고, 힘겨운 일을 해온 손가락 마디마디는 나무의 옹이처럼 보였다.

벽에는 이 공장의 직원으로 짐작되는 20대 초반의 청년들이 기능올림픽 목공 분야에 입상하여 금메달, 은메달을 걸고 있는 사진 액자가 여러 개 걸려 있었다. 면면에는 자신감과 긍지가 넘쳐보였다. 테이블에 놓여 있는 잡지에서 이 공장을 소개하는 글을 읽었다. 인체에 유해한 도료는 일체 사용하지 않고 원목가구만을 생산한다고 쓰여 있었다.

옆방을 보니 십여 명의 직원들이 열심히 도면을 그리고 있다. 끊임없이 신제품 개발에 노력하는 모습으로 보였다. 진학을 포기하고 취업을 택한 청소년들이 기능올림픽에 출전하도록 여건을 조성해주며 장인의 길로 인도하는 사장은 자신도 세상 돌아가는 흐름에 뒤지지 않으려 노력해온 사람일 것이다. 그러고 있는 사이에 자판기의 개조도 만족스럽게 완성되었다. 비용을 물었으나 작은 일이라고 굳이 사양하여 하는 수 없이 감사의 마음을 남기고 귀가했다.

일 년쯤 지났는데 다른 일로 그 공장에 갈 일이 또 생겼다. 위치가 생각나지 않아 그때 알려준 철물점에 가서 물었다. 나는 뜻밖의 말을 듣고 몹시 섭섭했다. 철물을 사러 왔던 직원이 나처럼 작은 일거리를 가져오는 사람은 자기네 공장으로 보내지 말라는 당부를 하더란다. 친절하였던 사장의 태도를 떠올리며 의아스러워했더니 그날 철물을 사간 직원의 생각이라 한다.

문득 인터넷에서 만난 유태 경전의 글귀가 떠올랐다.

'성공할 사람은 눈을 밟아 길을 만들고,
성공하지 못할 사람은 눈이 녹기를 기다린다.'

가구공장 사장과 철물점 직원의 사고방식은 이렇게 달랐다. 그곳 사장이 오늘의 열매를 맺기까지는 헤쳐 나가기 어려운 가시덤불도 많았을 것이고, 갈라진 논바닥 같은 자금고갈도 겪었으리라. 바로 이런 사람이야말로 눈길을 밟아 길을 만드는 사람이 아닌가 싶다. 가구공장 사장에게 앞으로 더 좋은 나날이 있을 것으로 믿는다.

분실물

인연은 인간관계에서만 있는 것이 아니고 사람과 물건 사이에도 있다고 생각한다. 어떤 물건은 깊은 정을 두고 소중하게 다루어도 인연이 다하면 분실되기도 하고 훼손되기도 한다. 나는 성미가 찬찬치 못한 탓인지 소지품을 곧잘 분실한다.

오늘도 휴대용 단말기인 PDA의 케이스와 그 속에 넣어둔 메모리 카드까지 분실했다. 케이스는 모양이 맞는 제품이 없어서 내가 재봉틀로 개조한 것이라 애착이 있었고, 메모리 카드에는 저장된 내용물이 많아 아쉽다. 그런데 본체는 무사하고 껍질만 잃었으니 얼마나 다행인가.

살아온 70여 년을 돌이켜보면 어이없이 물건을 잃어버리는 실수가 많았다. 그중에 제일 아찔했던 기억은 신혼시절 시계를 잃었을 때의 일이다. 약혼시계는 정표요, 예물이니 나도 소중하게 간직하고 있었지만 어느 날 홀딱 잃어버렸다. 여유 있는 마음으로 외출

준비를 했어야 하는데, 허둥지둥 걸어 나가면서 시계를 손목에 찬 것이 원인이다. 집과 버스정류장 사이에서 분실한 듯해 급히 버스에서 내려 되돌아오며 땅 위를 훑었으나 없었다. 전화로 그날 일정을 취소하고 집에 돌아와 붓글씨로 여러 장의 방을 써서 광고물 붙이듯이 이곳저곳에 붙이고 다녔다.

'시계를 떨어뜨렸습니다. 연유가 있는 시계이오니 돌려주시면 후히 사례하겠습니다.

연락처 : ○○○-○○○○'

허공에서 동아줄 잡으려는 짓 같았지만 반갑게도 연락이 왔다. 이웃 아가씨가 길에서 주웠다는데 사례를 받지 않겠다고 굳이 사양한다. 2년 후 그 사람이 결혼할 때에 작으나마 나의 마음을 전했다. 그 아가씨 덕분에 나는 시계를 되찾았다. 50여 년 전에 있었던 일이니 그 처녀도 지금은 할머니로 살고 있겠지. 아무쪼록 복 받은 인생이기를 바란다.

어이없는 일은 또 있다. 1960년경이었다. 은행에서 수표 석 장을 받아 통장 사이에 끼워 넣고 뛰었는데 10여 분 후 집에 도착해보니 수표는 안 보이고 빈 통장뿐이다. 신문 배달원이 호외를 뿌리듯이 흔들며 다 떨어뜨렸지 싶다. 이 얼마나 허술한 인간인가. 당연히 혼비백산했다. 은행에 연락해서 지급정지 신청하랴, 신문에 분실 광고 내랴, 금전상의 피해를 막기 위해 재빨리 조치를 취했다. 다행히도 나중에 모두 돌려받았다.

어느 날, 애지중지하는 카메라를 버스 좌석에 놔둔 채 내린 일도 있다. 얼마나 놀랐던지 버스 종점까지 두어 정거장의 거리인데 허겁지겁 뛰어갔다. 의정부 시내의 길은 좁고 혼잡해서 뛰는 편이 더 빨랐다. 배차 사무실에서 기사분이 부드럽게 웃으며 건네주어 감동했다.

그뿐만이 아니다. 공원에 앉아 놀다가 땅 위에 안경을 놓은 채 몸만 왔다. 불편한 심정의 밤을 보내고 다음 날 아침 일찍 공원으로 갔다. 아침 햇살 속에서 물방울 맺힌 이슬과 함께 나를 반기듯 유난히도 반짝이던 안경의 유리알이 생각난다.

몇 년 전, 며느리가 선글라스를 사주면서 내게 말했다.

"이것 잃어버리시면 속상해하지 마시고 바로 말씀해주세요. 다시 사 드릴게요."

"고맙다. 이렇게 비싼 것을 사주는 네 마음도 예쁘지만, 지금 그 말이 더 예쁘구나."

며느리도 시어머니가 칠칠치 못하다는 것을 다 아나 보다. 그런데도 탓하기보다 흔히 있을 수 있는 일이라며 배려하는 며느리의 말이 얼마나 고마웠는지.

조심하는 것도 중요하지만 어쩌다가 분실했으면 훌훌 털며 체념하는 것도 지혜일 것 같다. 주운 물건을 주인에게 돌려주는 사람에게 복이 있기를 빈다.

쓰던 물건을 분실했을 때는 참으로 안타깝다. 심지어 마음이 언짧다. 자책감, 자괴감에 시달리고, 물건이 아깝기도 하며 찾느라 고생도 한다. 찾느라 낭비하는 수고와 시간은 얼마나 아까운가.

물건과의 인연이 끝나 내게서 떠났다고 합리화하거나 변명하기 이전에, 이제부터라도 어린이들의 다짐 같지만 '사용한 후에는 반드시 제자리에 놓기' '자리를 떠날 때에는 반드시 뒤돌아봐 확인하기' '시간에 쫓기지 않기' 등등을 명심하리라.

무슨 사정이 있었겠지

상대가 약속시간을 어겼을 뿐인데도 배신감이라는 낱말까지 들 썩거리며 화를 낼 때도 있다. 이럴 때는 마음을 어루만져주는 약손 이 필요하다. 내게는 '무슨 사정이 있었겠지' 라는 말이 그 역할을 한다.

60년 가까운 긴 세월 동안 서로 속마음을 하소연하는 친구가 있 었다. 피난시절에 보리밥과 수제비를 나누어 먹던 사이였다. 그런 데 그 친구가 금년 봄, 췌장암의 선고와 수술 지시를 받았다며 전 화를 걸어왔다. 여든 살이 넘었으니 수술 여부를 결심할 수 없다는 얘기였다. 내 의견을 분명하게 말하기는 어려운 일이었으나 나는 수술을 반대하였다. 전화 통화로 의견을 나눈 것이 갈피 잡기에 도 움이 되었는지 수술은 안 하기로 마음을 굳힌 것 같았다. 나는 며 칠 후에 문병을 가겠다는 말을 남겼다.

나는 그 무렵 이사 날이 임박했었다. 짐 싸기에 몸도 마음도 여유가 없었다. 위로도 하고 의논도 해 줘야 한다는 마음은 간절하였으나, 서울에서 충청남도 서대전을 왕복하자면 하루해가 빠듯하니 쉬운 일이 아니었다. 이사를 마친 뒤에는 무리가 갔던지 나도 앓아 누워 외출할 수 없게 되니 곧 가겠다던 약속을 지키지 못했다.

마음도 약해졌을 환자가 병상에서 나를 기다리며 얼마나 서운했을까. 그 이후, 두 번 병원으로 문병을 가긴 했지만 바쁜 걸음이어서 얘기도 제대로 나누지 못하고 얼굴만 보고 헤어지다시피 돌아왔다. 마음 같아서는 병상을 밤낮으로 돌봐주고 싶었다.

며칠 후, 나의 전화를 간병인이 받더니 환자는 의식이 희미해서 통화하기 어렵다 한다. 이미 문병의 시기는 지났다는 것을 느꼈다.

나보다 다섯 살이나 연상인 그 친구는 생전에 무척 너그럽고 푸근한 성품이었다. 그런데 별세하기 전, 휴대폰의 연락처를 모두 삭제해놓고 떠났다 한다. 왜 그랬을까. 저세상으로 떠나면서 친지들에게 마음과 시간의 부담을 주지 않기 위해서였을까. 혹은 무정한 나를 원망하는 심정 때문이었을까.

각별한 친구를 잃은 슬픔도 큰데 나도 건강이 부실했다는 변명을 제대로 해보지도 못한 채 저세상으로 보낸 것이 마음에 걸린다. 임종 전에 만났어야 했다는 회한으로 괴로운 심정이다. 우정이 퇴색한 것이 아니었으며, 안 간 것이 아니라 못 간 것이었다고 스스로 달래면서 과거를 돌이켜보게 된다.

남의 사정을 이해하지 못하고 옹졸하게 원망하였던 적이 있다. 아마도 그럴 때 내 입장만 생각하고 먼저 오해를 했을 것이다. 나도 상대방도 괴로웠을 것은 뻔한 일이다. 앞으로의 인간관계에서는 너그러워지리라.

급하게 부정적으로 판단하지 않고 여유로운 마음으로 받아들이면 치밀어 오르는 울화를 제어하느라 애쓸 필요도 없다. 이럴 때 '무슨 사정이 있었겠지' 라는 한마디야말로 섭섭함과 실망으로 시달리는 심정을 어루만지는 약손일 것이다.

(삼가 故 장명주 선생의 명복을 빕니다)

고종명(考終命)

영원히 사는 사람은 없다. 언젠가는 가는데, 언제이며 어떤 모습으로 삶을 마치게 될지는 마치 오늘 밤 수면 중의 꿈을 짐작할 수 없는 것처럼 아무도 모른다. 바라는 대로 할 수 있다면 임종할 때 의료도구의 도움 없는 모습으로 숨을 거두고 싶다. 가족들의 집착으로 의료기관에서 가래를 뽑아내거나 문어다리 같은 여러 개의 호스를 코와 입에 연결시키고 산소통에 의지하는 임종은 사양하고 싶다.

죽는다는 것을 '돌아간다' 라고도 표현한다. 어디서 왔으며 다시 가는 곳은 어디인가? 멀고 먼 곳, 알 수 없는 곳으로 떠난 사람을 아무리 외쳐 불러도 들었는지 못 들었는지 대답이 없다. 어쩌면 그쪽에서도 큰 소리로 대답을 보내왔는데 이승과 저승이 다르니 들리지 않고 보이지 않는 것일까.

아득하고 가기 싫어도 때가 되면 가야 한다. 내 삶의 현재를 한해 열두 달에 비유한다면 11월일까, 12월일까. 세월의 오고 감을 막을 수 없듯, 다가오는 이별 또한 막을 수 없다. 이별에 익숙해지기 위해 나는 농담 섞어가며 가볍게 자주 죽음을 말한다. 떠날 때에는 통증 없고 깔끔하게 인생을 정리하고 훌훌 떠날 수 있으면 얼마나 큰 복(福)일까.

오복(五福)이란 장수한다는 뜻의 '수(壽)'와 풍부한 재물을 소유하는 '부(富)', 그리고 건강을 말하는 '강녕(康寧)', 넉넉한 살림으로 남에게 봉사한다는 '유호덕(攸好德)', 장수하고 고통 없이 임종한다는 '고종명(考終命)'의 다섯 가지 복을 말한다. '고종명'이라는 단어가 낯설어 사전을 찾아보았다. 고(考) 자의 뜻이 '생각하다' '헤아리다' 이외에도 '장수하다'의 뜻이 있음을 알았다. 천수를 다하여 장수하고 편안한 임종을 맞는 것이라 하니 인생의 황혼인 나도 고종명(考終命)을 생각하지 않을 수 없다.

몇 달 전, 시숙이 별세하셨다. 갑작스럽게 의식을 잃고 3일 간 입원하셨다가 자는 듯이 가셨다. 가신 일은 안타깝지만 우리나라 남성의 평균 수명을 몇 년 더 넘기셨으니 수(壽)하셨다고 표현하면 안 되는 말일까. 교직에서 정년퇴직하셨던 고인은 별세하는 날까지 연금을 받으셨고 욕심 없이 사셨으니 부를 누렸다고 말할 수 있다. 입원하시기 전까지 자유롭게 거동하셨고 아무런 통증에 시달리지 않아 항상 부드러운 표정으로 사셨으니 강녕을 누리신 분이다. 미망인과 2남 2녀의 자손들과 그 배우자와 형제들이 지켜보는 가운데 임종하셨다.

입관 전, 고인에게 다가가 차례로 작별 인사를 올렸다. 나의 동서인 미망인은 평상시와 다름없는 표정으로 마치 외출하는 남편에게 말하듯이 "잘 가시고, 나도 빨리 데려가세요"라고 한다. 고인의 아우인 나의 남편이 눈물을 줄줄 흘리면서 하는 말은 일상적이고 간단했다. "형님, 안녕히 가셔요." 제수인 나는 "아주버님, 그동안 감사했습니다. 안녕히 가십시오"라며, 존중해주고 염려하여 주신 마음에 깊이 감사를 드렸다.

고인의 장남도 마지막 인사를 했다. "아버지 안녕히 가세요, 어머니는 걱정하지 마세요." 짤막한 한마디였으나 떠나시는 분의 마음을 가장 잘 헤아린 말이었다. 백발의 부인을 어린아이처럼 염려하시던 시숙이었는데 홀로 남기고 가야 하는 발걸음이 얼마나 무거울까. 제가 잘 모실 터이니 마음 놓으시라는 한마디에 나는 가슴이 뭉클하였다. 차례차례 좋은 곳으로 가시라고 기원하는 작별 인사가 엄숙하게 거듭되었다. 시숙께서는 오복을 갖춘 삶을 마감하고 세상을 떠나셨다.

암보다 더 무서운 병이 치매일 것 같다. 가족도 알아보지 못하고 며느리에게 누구시냐고 묻는 노인, 용변을 가리지 못하는 사람, 말도 안 되는 헛소리를 계속하는 사람, 틈만 있으면 뛰쳐나가려는 치매 노인들의 이야기를 들으면 우울하다. 시숙께서는 임종하실 때까지 맑은 정신을 지키셨다. 너나없이 모두 바쁜 세상이다. 의료비용 부담은 또 얼마나 큰가. 자식들에게 시간적, 경제적 부담을 주지 않고 가셨다. 오복을 골고루 누리시고 고종명하신 시숙의 안면과 명복을 빈다. 나도 이제는 고종명을 부러워할 때가 된 것 같다.

그곳에는 무슨 이야기가 있을까

    공간은 시간을 담는 그릇이다. 의미를 가진 시간들보다는 사소한 자투리 시간들이 공간에 담겨 있는 것을 볼 때마다 느끼는 정겨운 것들이 나를 즐겁게 한다.

    수필 공부를 마치고 목우회 문우들과 그냥 헤어지기엔 아쉬운 마음이 들었다. 차라도 마시려고 주변의 찻집을 찾았다. '커피 이야기'라는 상호에 마음이 갔다. '저곳에는 무슨 이야기가 있을까.' 호기심을 발동하는 그곳으로 들어서니 우리 일행으로 좁은 가게가 가득 찼다.

    오늘 하루는 있는 듯 없는 듯 조용한 존재로 넘기기로 했다. 그런 아침의 다짐을 찻집 벽을 장식한 대형사진 한 장 때문에 까마득히 잊어버렸다. 우리가 자리하고 앉은 탁자 뒤, 한 벽면에는 지중해 백색 건물의 도시와 푸른 바다가 펼쳐져 있었다. 바다에는 크루즈가 새로운 여행지를 향해 떠나고 있다. 이곳, 그리스 해안에 있는 찻집으로 우리의 이야기는 여행을 왔다.

멋진 이 순간을 우리는 사진으로 남기기로 했다. 구석에 앉아 있던 내가 나가려면 몇 사람이 일어나 길을 내주어야 할 좁은 공간임에도 섬 사진을 배경으로 회원들을 앉히고 구도와 초점을 잡았다. 찻집 아가씨에게 촬영을 부탁하고 나도 좁은 틈새에 비집고 끼어앉았다. 포즈를 잡은 우리의 얼굴에는 이미 웃음꽃이 가득하다.

귀가하자마자 흰 건물이 보이는 섬과 바다, 그리고 크루즈 선박을 배경으로 편집하니 우리의 여행이 완성되었다.

몇 년 전 고교 동창들과 지중해 크루즈 여행을 다녀온 일이 있다. 산토리니 섬에 상륙해서 찍었던 사진과 달리, 오늘 목우회 회원의 사진에는 색다른 추억이 깃든다. 지중해 바다와 배, 그리고 미소꽃이 핀 사진에서 목우회 회원들은 지중해 크루즈 여행 중에 섬 찻집에서 커피를 즐기고 있다. 보면 볼수록 상상이 아니라 실제인 것 같아 즐거움이 솟아오른다. 산토리니 섬의 햇볕이 강해 자칫 피부가 화상을 입는다고 해서 동창생들은 목도 가리고 넓은 챙이 달린 모자를 썼는데, 목우회 회원들은 무방비이니 피부가 괜찮을까.

편집한 사진을 동호회 카페에 올렸더니 상상이지만 지중해 크루즈 여행 기분에 흠뻑 취할 수 있었는지 평생소원을 풀었다고 댓글을 올려놓은 회원도 있다. 즐거움으로 들떠 있는 사람들의 얼굴에서 자꾸만 미소가 피어난다.

잃어버린 수첩과 나의 변심

시대는 참으로 많이 바뀌었다. 바늘, 자, 실, 가위, 인두, 골무, 다리미 등의 일곱 가지 사물들이 서로 공을 다투는 내용의 옛 글, 「규중칠우쟁론기(閨中七友爭論記)」가 있다. 이러한 물건들을 여인네의 벗으로 꼽은 글인데, 서로 제 공을 내세워 다투는 재미있는 글이다. 지금은 여인네들에게 손가방, 휴대전화, 화장품, 수첩 등등이 벗이 되어 있는 것을 보면 '세상은 변하고 또 변하는구나' 라는 생각이 든다.

전자수첩이라는 것이 개발되어 세상에 나오자 바로 구입했다. 고희(古稀)에 가까운 나이였다. 전자(電子)가 가지고 있는 무한대의 힘은 우리 생활 구석구석 스며 있어, 작은 전자수첩도 문명의 이기 (利器) 역할을 톡톡히 하는 것으로, 기억이 정확하지 않은 이름도 초성 몇 자만 찍으면 번개같이 정확한 성명을 불러내 준다.

사용하고 보니 이를 데 없이 편리하였다. 그러나 엊그제, 애지중지하던 전자수첩을 잃어버렸다. 1990년도 초 내 생일에, 자축하는 기분으로 큰마음 먹고 장만하여 수년간 애지중지해 온 것이다. 자판이 컴퓨터의 자판과 같아 타자 연습에도 도움이 되었고, 수백 명의 전화번호와 주소뿐만이 아니라 메모장, 달력, 일정관리, 계산기 등 매우 편리한 기능이 갖추어져 있다.

전자시대에 살고 있는 우리는 하루가 멀다 하고 신제품의 물결에 휩싸인다. 그렇게도 신기하고 지극히 편리하던 나의 전자수첩에도 손때가 까무잡잡하게 배어가는 가운데 실오라기만 한 틈새로 스며드는 신제품에 대한 호기심과 동경은 마음속에 자리를 넓히기 시작하고, '이제 이것은 영어사전과 회화 기능이 없어서 불편하니 새 모델로 바꿔 봐?'

마치 영어공부를 열심히 하는 사람인 양 애착심의 퇴색을 스스로 합리화하면서 은근히 신제품 쪽으로 눈길을 돌리는 나를 어쩔 수 없었다. 그뿐만이 아니었다. 어느 자리에선가 전자수첩의 사전 기능에 대해 이야기를 나누다가 웃으면서 농담으로, 정말 농담으로 "이번에 한번 바꿔 봐? 근데, 이게 없어져야 바꾸지?" 하고 웃은 적이 있다. 말이 씨가 되었다. 그런 방정을 떨고 며칠 후에 전자수첩을 잃어버렸다.

수첩 뒤에는 나의 연락처를 적어 놓았다. 당시에는 휴대전화가 없을 때였다. 집 전화번호를 깔끔하게 붙여놓길 잘했다고 생각하면서 외출도 하지 않았다. 임자를 찾는다는 전화를 기다리는 나의 마음과는 아랑곳없이 소식이 없었다.

'연락만 오면 달려가서, 아니, 밤중에라도 가서 꾸뻑꾸뻑 절하고 사례도 해야지.'

벅찬 기대감과는 상관없이 아무런 전화가 없었다. 시대는 눈부시게 발달하여 새것도 그 기능의 수준이면 샀을 때의 몇 분의 일 가격으로 구입할 수가 있다. 그래도 '사례는 반드시 해야 한다. 그래야 주인을 찾아주는 아름다운 풍토가 자리 잡히지……' 생각하며 목을 빼고 일주일간을 기다렸으나, 결국 허탈에 빠졌다.

칠칠치 못한 내가 한심스럽기도 하여 고개를 숙이고 있다가 드디어 새것을 사기로 작정하고 물색에 나섰다. 인터넷을 샅샅이 뒤져 기능, 모양, 무게 등등 신제품에 대한 정보를 조사하고, 여러 사이트를 누비며 가격 비교도 세밀하게 하였다. 눈부시다는 표현이 맞다고 할까? 기술 발전의 속도는 참으로 놀라웠다. 수첩 속의 자료는 컴퓨터와 서로 주고받을 수 있어, 설사 잃어버려도 컴퓨터 속에 저장되어 있으니 걱정할 것 없도록 제작되어 있었다.

드디어 몇 가지를 후보로 올리고 이거다 싶은 것을 구매하는 동작만 남았으나, 뜻밖에도 잃어버린 것에 대한 애착이 이렇게 깊을 줄이야. 막상 툴툴 털어버리고 새것을 장만하려는 마당에서 다른 마음이 화를 낸다. '잃어버린 지 얼마나 되었다고 그렇게 금방 좋아라 하며 새것을 사?' 하는 마음이 자리를 넓혀가는 게 아닌가? 새것으로 치닫는 야속한 내가 미워졌다.

고대 수필 「유씨 부인」에서 유씨 부인은 바느질하다가 부러뜨린 바늘을 놓고 "오호, 통재라. 오호, 통재라" 하며, 조침문(弔針文)까지 써서 못 쓰게 된 바늘을 애통해하였거늘, 나는 이렇게 금방 마음을 바꿔 기다렸다는 듯이 달려가 새것을 사? 의리 없는 내가 야속하기까지 하다. 애지중지하면서 손에서 놓지 않고 함께 지내왔는데, 금방 새것을 산다는 것은 마치 조강지처를 버리고 딴마음 먹는 남정네처럼 나쁜 짓을 하는 것 같았다. 상처(喪妻)한 사람이 너무 일찍 재혼하는 것을 놓고 뒤에서 수군거리며 삐쭉대던 일이 있었지 않은가?

없어진 연락처를 다시 알아내기 위하여 이것저것을 뒤적거려 주소와 전화번호를 컴퓨터에 입력하고 기왕이면 찾기 쉽도록 이름에 따라 '가나다라 순'으로 전체를 '소트(SORT)' 명령으로 정렬했다. 눈 깜빡할 사이에 '강 아무개'로부터 시작하여 '호 ○○' 까지 질서 있게 국어사전처럼 순서대로 나열해준다. 소프트웨어 기술의 발전 속도는 참으로 눈부시다. 실은 이 정도의 기능(소트)은 기본 중의 기본이어서 새삼 언급할 것도 없고 놀라워할 만한 일도 아니다.

마음에 드는 전자수첩의 무게가 50그램 정도이었던 것에 비하면, 지금 인쇄해서 뽑은 100여 명의 명단은 무게랄 것조차 없는 종이 한두 장에 불과하다. 접어서 가지고 다니기에도 가벼우니 얼마나 실속 있는 일인가? 거실 전화기 옆에도 인쇄된 종이를 놔두고, 공부방에도 놔두고 핸드백 속에도 넣어두니, 전화 걸 때마다 전자수첩 꺼내 들고 이리저리 다니던 것이 오히려 불편하였다는 뜻밖의 사실에 놀랐다.

잃어버릴까 전전긍긍하지도 않고, 가벼워서 좋고, 내용이 바뀌면 저장해둔 자료를 불러내어 그 부분만 삽입 또는 수정하여 다시 인쇄하면 된다고 생각하니 종이 무게만큼이나 마음도 가벼워진다.

그러나 발 빠른 문명의 흐름을 외면하고 있을 수만은 없는 것, 기술 개발을 위해 밤낮없이 애쓰는 두뇌들의 신제품을 사용해 주어야 한다. 그리고 그것이 주는 편리성, 가지고 있다는 기쁨, 조작할 때마다 느끼는 즐거움 등으로 아마 내년 생일쯤에는 다시 자축(自祝)이라는 명분을 내세워 새것을 들고 있지는 않을까?

삭제(Delete)

2004년 여름, 서울의 최고기온이 37도까지 올라갔다. 몇 십 년 만의 기록적인 더위에도 불구하고 주말 연속극 '파리의 연인' 은 55%의 기록적인 시청률을 올렸다. 이 드라마의 한 장면이 오래도록 내 머리에서 떠나지 않는다. 한 여인을 놓고 삼촌과 삼각관계의 수혁이 어쩔 수 없이 여인의 곁을 떠나는 장면이다.

"나의 기억에서 너를 삭제하겠다."

수혁이 여인에게 결별을 고하며 말했다.

나는 이 장면을 보면서 '삭제' 라는 낱말을 반추하지 않을 수 없었다. 사랑의 열기는 뜻대로 식힐 수 없으며 잊고 싶은 기억을 지울 수 없는 일임에도, 요즈음에는 극 중이나 글 속의 대화에서 '삭제' 라는 낱말을 심심찮게 접한다. 잊겠다고 작정하면 쉽게 잊혀지고, 지우겠다 하면 지울 수 있는 능력을 가진 것처럼 말한다. 아픈 기억을 지워버리고 받아주지 않는 사랑이라면 끝내고 새로운 사랑을 다시 시작하는 것이 바람직하기는 하다. 아무리 요즘 사람이라 할지라도 삭제한다고 해서 기계의 메모리칩처럼 지웠다 썼다 하기는 어려울 것이다. 누구에게나 있을 법한 낯이 화끈해지는 실수의 경험, 이루지 못한 채 접느라 남은 미련, 크고 작은 아픈 기억들을 컴퓨터의 'Delete' 키를 눌러 지우듯 해결할 수 있다면 얼마나 좋을까?

김소월의 시(詩) '못 잊어' 의 한 구절을 음미해본다.

못 잊어 생각이 나겠지요
그런대로 세월만 가라시구려
못 잊어도 더러는 잊히오리다

그러나 또 한껏 이렇지요
그리워 살뜰히 못 잊는데
어쩌면 생각이 떠지나요

평생 그리움을 안고 살아가면서 잊으려 애를 쓰는 것은 시인의 가슴만이 아니다. 그러나 요즈음의 이별 대화로 비추어 보면 '그만 여기서 끝내자', '아무개와는 끝났다' 라는 짧은 말로 마치 정리가 바로 되는 듯이 가볍게 말한다. 세월과 더불어 점점 희미해지면서 잊히는 것이 아니라 인위적으로 '한순간에 삭제할 수 있다' 는 듯이 쓰고 있지만, 그렇게 지우개로 지우듯 삭제한다는 것이 현실적으로 가능하다는 말인가?

극작가들은 대본을 쓰면서 수없이 많은 삭제와 수정을 거쳐 완결하였으리라. 배우들 또한 완숙된 동작과 연기를 무대에 표출하기 위하여 반복 연습을 거쳐 우리에게 보여준다. 영화도 그렇다. 많은 가위질과 편집으로 걸러낸 뒤에야 비로소 우리 앞에 상영된다. 그러나 가면 오지 못하는 인생살이에서는 수정도 없으며 삭제도 없다. 지나가는 시간과 더불어 가버리면 그뿐, 그 어떤 능력으로도 되돌려 와 다시 고칠 수 없는 일이 인생이 아닌가. 피조물의 능력의 한계라고 체념하는 수밖에 없다.

아침에 눈을 뜨면 오늘 내가 서야 할 무대를 생각해 본다. 여러 차례 바뀌는 장면과 배경은 짐작이 가지만, 어떤 대사로 이어지며 흐름은 어떠하며 결말이 어떻게 맺어지는지는 알 수 없다. 한번 내놓은 말은 우주 공간에 파상을 그리면서 영원히 번져가며 존재한다는 사실을 생각할 때 소름이 돋는 강박관념을 떨쳐낼 수가 없다.

내가 하는 말 가운데 나 자신도 모르게 좋지 않은 독기가 스며 있어 상대를 다치게 하지는 않을까, 나의 부족함을 잊은 채 교만이나 냉소가 나타나 상대의 마음을 불쾌하게 하지는 않을까 걱정이 된다.

바라는 대로 된다면, 수정과 삭제의 능력이 나를 거르고 정제하여 대인관계에서 상대를 부드럽게 어루만질 수 있는 사람이 되면 좋겠다.

산뜻하게 해주고, 생명력을 돋우고, 상대의 가슴에서는 냉기가 온기로 바뀌면 좋겠다.

여름의 무성한 기운으로 잎이 푸르러지고 기운차게 가지를 세우듯이 즐거움이 솟아난다면 얼마나 좋을까?

오늘 집을 나서기 전, 다시 한 번 기도하는 마음으로 다짐한다. 매일매일 나의 무대에서 수정하고 삭제하고픈 후회를 남기지 않도록 세월 속의 나를 조심스레 다듬으며 살리라.

꿈을 가진 사람은 행복합니다

'꿈을 가진 사람은 행복합니다.'

나는 이 말을 좋아한다. 고희(古稀)를 바로 눈앞에 둔 늦은 나이에도 꿈이 있어서 밤을 새워가며 공부를 하고 있다. 그 무엇에 흠뻑 빠져들 수 있어 나는 행복하다.

지나간 세월 속으로 '꿈'이라는 검색어를 훌쩍 던져 넣어 본다.

아마 대여섯 살 때였던 것 같다. 우리 집 근처에 화재가 났었다. 모두들 소방차를 애타게 기다리는 것을 본 뒤로 내 꿈은 '소방서와 병원 옆에서 살아야지' 하는 것이었다. 어린 마음에도 위급한 상황에 겁을 먹었던 것 같다. 그때를 생각하면 앙증맞은 귀여움에 지금 이마의 백발이 미소를 짓는다.

다음의 꿈은 중학교 시험에 단번에 합격하는 것이었다. 당시에는 중학교 입학도 지금 대학 가기만큼이나 어려웠다. 중학교 시험에 낙방하면 우리 어머니가 너무 상심할 것을 걱정했기 때문이었다. 이 꿈의 실현을 위하여 나는 놀자는 친구들을 피해 풍금 뒤에 숨어서 '외우는 책'을 열심히 외웠다.

나의 꿈은 탁구로 이어졌다. 여학교 때에 탁구부에서 운동을 했는데 제법 잘 했던지 저학년 때인데도 전국대회에서 활약이 컸었다. 그 무렵의 학제는 중고등학교가 따로 있는 것이 아니고 중학과정이 6년제이었기 때문에 2학년 꼬마가 5학년, 6학년과 리그전을 해야 했다. A팀 출전의 기쁨과 승리의 쾌감은 지금도 생생하다. 그 당시 '이 이사베라'라는 멋진 이름의 전국 챔피언을 상대하여 개인전에서 이겨 보겠다는 것이 나의 꿈이었다(이 에리사는 그 이후의 선수임). 탁구에 푹 빠져 미친 듯이 연습을 하던 나날이었지만 어린 나의 좁은 마음 탓에 유감스럽게도 사소한 감정적인 충돌로 삐쳐서 애지중지하던 탁구 라켓을 쪼개고 탁구부를 탈퇴하고 말았다. 그런 뒤, 토닥거리는 탁구공 소리의 유혹을 탁구실 밖을 맴돌며 참느라 얼마나 마음고생을 하였던지. 지금 생각하니 탁구가 나의 첫사랑이었고, 탁구 채의 쪼개짐이 나의 깨진 심장같이 회상된다. 아주 사소한 시비로 앞날을 그르친 실수는 지금도 안타깝다.

이루지 못한 꿈 하나가 생각난다. 열대여섯 살쯤이었을까? 시골에 계신 할아버지께서 위독하다는 연락을 받으면 서울에서 기차를 타고 가다가 밤길을 수십 리 걸어서 산골로 가야 했다. 어두운 밤 개울을 건너려면 얼어 있는 징검다리 돌이 미끄러워 건너뛰기가 무척 어려웠다. 유난히도 키가 작으셨던 어머니가 미끄러져 발목을 적신 것을 본 뒤로 나는 또다시 꿈을 갖기 시작했다. '여기에 다리를 놓아주는 사람하고 결혼해야지' 하고.

공교롭게도 토목과를 전공한 사람과 결혼을 하게 되었다. 교량을 가설해주지는 않았지만 또다시 꿈은 이어진다. 입 밖에 내본 일은 없었지만 '가족의 사랑을 받는 아내가 되겠다'는 꿈을 가지게되었다. 덕분에 나의 나날은 팽팽한 공처럼 통통 튀어 다니면서 최선을 다하려는 '며느리 생활'이 이어지고 시집살이는 늘 행복하였다.

자식들이 커가자 함께 만화를 읽으며 울고 웃었다. 그 당시에는 '공포의 외인구단', '베르사유의 장미', '캔디' 등등의 만화책을 한 보따리씩 빌려다 놓고 세 아이와 함께 보면 참 재미있었다. 솔직한 고백을 하자면, 그때의 꿈은 자식들을 잘 길러서 좋은 대학 보내야지 하는 것이었다.

아이들이 다 제 짝 찾아가고, 나는 또다시 새로운 꿈을 찾기 시작했다. 내가 제일 잘할 것 같고 내게 맞는 일을 찾다가 외국어 학원의 일본어 강사가 되었다. 초등학교 4학년까지 배운 일본어이니, 혀가 짧을 수밖에. 나는 열심히 실력을 쌓아, 일본에서 시행하는 '일본어 능력시험 1급'에 합격하고 미련할 만큼 강사 생활에 열의를 다하였다.

1996년 가을, 제1회 유니텔컵 자동차장애물경기에 출전하여 여성부에서 입상하고, 인기상도 받았다. 3년 후, 다시 한국통신배 경기에 출전하여 좋은 결과를 얻게 되니, 새로운 꿈이 또 생겼다. 국제경기에 출전하고 싶은 마음이 간절하고 자신감도 넘쳐흐르지만 맨몸으로 하는 경기가 아니니, 여러 가지 여건이 받쳐주지를 못한다. 외국의 훌륭한 경기장에서 멋진 경기자동차의 액셀러레이터를 힘껏 밟으며 절묘한 코너링의 기술로 핸들을 몰아붙여 시상대에서 백발을 휘날리는 꿈을 꾼다면 이것 또한 얼마나 멋진 꿈인가!

올여름 30도가 넘는 더위에 '인터넷정보검색사' 자격시험에 도전하여 꿈을 이루었다. 무엇엔가 열중해 있어야 하는 나는 더운지 추운지 모른다. 그저 공부할 뿐이다.

누군가가 "산이 있어서 산에 오른다"고 말했듯이, 오직 도전과 성취의 꿈이 바로 지금의 나를 사로잡고 있다. 나는 그 꿈에 푹 빠져 땀을 흘리며 행복에 취해 있다.

더위보다도 내가 더 뜨겁게 꿈을 가졌으니 나는 항상 바쁘다. 그러나 꿈을 가져 행복하다.

앞 못 보는 한 표

나는 결혼하고 지금까지 한 번도 자신의 판단으로 투표를 한 적이 없었다. 여성들의 정치 참여권을 위해 애써 오신 분들께는 대단히 죄송한 일이다. 투표 직전에 남편에게 마음에 둔 후보를 묻고 나는 그대로 따랐다. 남편의 생각대로 투표를 하다 보니 누구를 찍을까 마음 쓰지 않아 좋은 것 같았고, 투표소에서도 남편 뒤에 졸졸 따라 다니며 하라는 대로 했으니 걱정이 없었다.

그런데 오늘은 달랐다. 초등학교 교실에 마련된 투표장 내 한쪽 구석에서 개를 안고 남편을 기다리는 나의 모습은 벌 받느라 서 있는 초등학생과 흡사하였다. 이렇게 투표소에서 둘이 떨어져 투표를 하는 날은 처음이었다. 나는 투표하는 사람들을 바라보며 순서를 눈으로 익혔다. 그러는 사이 남편이 투표를 마치고 다가와 외투 자락을 벌려 품을 펼친다. 그 품 안에 애견 '다나'를 인계하고 당당한 걸음으로 화살표를 따라 차례차례 갔더니 마지막에 투표용지를 준다. 그곳에 줄줄이 적혀 있는 정당과 출마자의 이름을 보고는 '아차' 했다. 나는 기표소로 들어가지 않고 교실 구석에 서 있는 남편에게로 가서 물었다.

"몇 번 찍었어요?"

"X번, ○○○."

말로만 해도 알아들을 수 있는데 손가락까지 펴 보인다.

남편은 성격이 부드러운 사람인데 선거 때만 되면 격렬한 사람으로 바뀐다. 뉴스에서 입후보자들의 얼굴만 나와도 흥분한다.

선거를 며칠 앞두게 되면 나는 며느리에게 미리 전화를 한다.

"아버님이 누구를 지지하느냐고 물으시거든 네 생각은 말하지 말고 '누구를 찍을까요?' 라 하고, 너와 다르더라도 말씀만 듣고 있다가 찍을 때는 너의 뜻대로 투표해라."

공교롭게도 며느리의 지지자와 남편의 지지자는 번번이 다르다. 서로 다른 지지자 때문에 마음 상하지 않도록 미리 손을 써 놓는 것이다.

자신이 지지하는 후보를 당선시키고 싶은 마음은 인지상정이라, 한 표라도 다른 후보에게 가는 것을 안타까워하는 것은 당연한 일이라고 생각한다. 이제까지 나는 '그대가 원한다면 뭔들 못해주랴'라는 몽매한 생각으로 남편을 위해 나의 투표권을 행사해 왔다. 그런데 그 한 표는 남편을 위해 써야 할 한 표가 아니다. 선거 결과는 국가 발전에 영향이 크다. 왜 지금까지 이런 생각을 못했는지 부끄러울 뿐이다. 외투 속 소중히 안고 있는 애견보다 더 중요한 것은

올바른 투표권 행사였다. 앞으로는 후보들의 정견 발표와 여론에
깊은 관심을 가지며, 부부 대화를 통한 정확한 분별력을 기르리라.
물어서 투표하는 추종자에서 벗어나, 똑똑한 동반자가 되어 성숙
된 투표를 해야겠다.

　팔십이 다 되어가는 나이지만 이제라도 내 권리를 남에게 맡기
지 않을 참이다.

친구 덕에 세계를 누비다

　　내가 다닌 고등학교는 남녀공학이었다. 동기동창생 중에 재미교포인 박병준과 홍정희 부부는 서울사대부고에서 인연을 맺어 함께 서울공대를 졸업하고, 미국에 유학하여 섬유 사업으로 큰 성공을 이루었다. 이국땅에서 성공하기까지 어려움이 얼마나 많았겠는가. 이제는 여러 장학재단을 세우고 의료기관에도 막대한 연구비를 지원하며 과학 분야에도 여러 차례 거금의 발전기금을 투척하고 있다.

　　박병준과 홍정희 부부는 해마다 고교 동창생들에게 해외여행 체험 기회를 제공하고 막대한 경비를 부담한다. 2008년 여름에는 다섯 번째 초청여행으로 지중해 크루즈 여행을 함께하였다. 꿈꾸기도 어려운 일이 친구 덕에 거듭거듭 현실에서 이루어지는 것이다.

크루즈 여행은 바다를 달리는 호텔의 여행이라고 표현되기도 한다. 로마에서 승선하여 11박 12일간 지중해 연안의 도시와 섬들을 여행하는데, 각자의 방이 정해져 있어서 여행을 마칠 때까지 짐을 챙겨 이리저리 이동할 필요가 없다. 마치 여행 기간 내내 한 호텔에 숙박하는 것 같은 안정감을 가질 수 있다. 야간에는 배가 바다를 달리고, 아침이 되면 정해진 항구에 정박한다. 가벼운 차림으로 배에서 내려 관광지로 향한다. 8만 톤 급의 호화 여객선이라 바다 물살을 가르며 고속으로 항해하여도, 들고 있는 컵의 물은 잔잔하여 지상에 있는지 바다를 항해하고 있는지조차 구별할 수 없는 편안한 느낌이었다.

처음 배가 닿은 곳은 그리스의 산토리니 섬이었다. 섭씨 40도가 넘는 폭염을 피하기 위해 건물의 벽은 모두 흰색으로 칠해져 있었다. 바다 물빛은 푸르다 못해 남빛이었으며, 푸르른 하늘색과 조화를 이루고 있는 흰 건물의 정갈함이 세계적인 관광지로 손꼽힐 만하였다.

터키의 이스탄불(Istanbul)과 쿠사다시(Kusadasi)와 에페소(Ephesus), 그리스의 미코노스(Mykokonos), 로데스(Rhodes), 산토리니(Santorini), 아테네(Athens), 이태리의 로마(Rome), 나포리(Naples), 카프리(Capri) 등지를 다니며 고대 문명의 유적지와 자연 풍광을 접했다. 말로만 듣던 아름다운 섬, 웅장한 규모의 신전들, 영혼이 담겨 있는 것 같은 미술품들을 대하며 느끼는 전율을 전하기에는 나의 지식과 글재주가 부족한 것이 부끄럽고 안타깝다.

크루즈 만찬회에서 한복을 입고

그리스 로도스(Rhodes) 섬의 성벽

이탈리아 로마

멕시코

그리스

그리스 아테네

유적지와 예술품과 풍경 이외에도 잊을 수 없는 광경이 있었다. 관광 안내원은 지역에 따라 나날이 바뀌지만 주의사항에는 공통점이 있었다. 작열하는 햇볕으로 피부에 화상(火傷)을 입지 않도록 미리 대비하라는 당부였다. 실제로 백인이며 남자인 노인 관광객도 양산을 받치고 다니는 광경이 목격되었다고 말하면 얼마나 강렬한 햇볕인가를 짐작할 수 있으리라.

그런 뙤약볕 아래, 그리스의 아테네에 있는 아크로폴리스(Acropolis) 신전 계단에 검은색 원피스를 입은 젊은 여인이, 모자도 쓰지 않고 돌계단에 단정히 앉아 있었다. 조각상처럼 움직이지도 않는다. 누구를 기다리나? 무슨 사연이 있을까? 나의 추리의 가닥은 유치하고 속된 방향으로 한참이나 치달았는데, 갑자기 여인이 일어섰다. 걸음을 옮긴다. 당연히 나의 시선은 그녀의 행동을 따라갔다. 출입이 통제된 계단에 들어선 관광객을 발견하고 제지하기 위해 계단을 내려오는 것이었다. 신전 보수공사장의 무단출입을 통제하는 여자 경비원이었다. 그리스의 여신을 연상시키는 젊은 미모의 여인이 염천(炎天)을 마다않고 저토록 버티는 힘이야말로 고대문화유적을 간직하며 오늘의 그리스를 이끌고 가는 힘이라고 생각하면서 깊은 감동에 빠졌다.

우리는 70대 중반의 고령이며 30여 명이나 되는 일행이라 건강상의 문제가 언제, 어떻게 일어날지 모르는 상황임에도 망설임 없이 지중해 크루즈 여행 계획을 실천해 낸 박병준과 홍정희 부부의 용기와 우정에 깊은 경의를 표한다.

뜨거운 우정과 존경스러운 베풂 정신에 다시 한 번 감사하며 그들의 건강과 행운을 빈다.

이탈리아 로마의 스페인광장에서

장수(長壽)사진

누구나 때가 되면 세상을 떠난다. 남은 사람들은 그의 얼굴을 떠올리며 생전의 삶을 생각한다. 얼굴에는 삶의 흔적이 담겨 있다. 좀 더 좋은 모습을 남기고 싶은 마음은 들지만 어디 뜻대로 쉬운 일인가.

나는 인물사진 찍기를 즐긴다. 그래서 이웃 할머니들의 영정사진을 무료로 찍어드린다. 적은 비용으로 큰 보람을 얻을 수 있는 일 중의 하나이다. 순박한 그분들은 미안함과 쑥스러움으로 선뜻 카메라 앞에 서기를 주저한다. 수의를 미리 마련하듯이 영정사진을 찍어놓으면 오래 살 것이라는 나의 너스레에 멈칫거리던 노인들도 웃는 낯으로 카메라 앞에 선다.

영정사진은 장수(長壽)사진이라고 표현되기도 한다. 참으로 좋은

말이다. 고달픈 삶의 흔적인 주
름을 감추기 위해 카메라의 높
이를 낮추고 올려 찍는다든지,
얼굴을 세심하게 관찰하여 약점
을 피해주면 훨씬 좋은 사진을
얻을 수 있다. 긴장을 풀어드리
기 위해 농담을 건네며 셔터를
누르기도 한다.

  촬영한 여러 컷의 사진을 텔레
비전 화면으로 보여드리며, 그중의 한 장을 본인이 고르도록 한다.
그래도 약간의 수정은 필요하다. 할머니들의 얘기를 마음에 새겨
두었다가 그들이 꺼리던 큰 점이나 검버섯을 포토샵으로 수정한
다. 깨끗해진 피부의 사진을 보며 기뻐하는 모습을 볼 때, 나는 남
이 모를 희열과 성취감으로 뿌듯해진다.

  아무리 수정을 해도 얼굴에 새겨진 표정은 변하지 않는다. 검버
섯이나 피부색, 깊은 주름 정도만 손댈 뿐 사진 속에 인품을 넣을
수는 없다. 삶의 기록으로 남을 흔적들을 위해 나도 마음을 편안히
다스려야겠다. 막히거나 부딪히는 일이 있을 때마다 굽이굽이 흘
러가는 물길에게서 배우리라. 그래서 봄기운이 담겨 있는 따뜻한
표정의 사진을 남기고 싶다.

Try To Remember

'Try to Remember' 노래를 들을 때마다 생각나는 사람이 있다. 그녀가 이 세상을 하직하기 전에 나에게 졸라댔다. 휴대폰에 배경음악으로 쓰고 싶으니 이 노래를 선물하라고. 그래서 난 이 노래를 들으면 유명을 달리하고 떠나간 젊은 친구의 생각을 떠올린다.

지금은 병마도 없고 고통도 없을 그곳에서 편안히 지내고 있을 것이다. 내가 책을 출판한다면 가장 먼저 달려와 축하해줄 텐데 이 기쁜 날에 그녀가 없다.

그녀가 가던 날, 나는 무슨 말을 해야 할지 몰라 두서없이 카페에 부고를 냈다.

〈Try to Remember〉

'해자야' '유해자야'

남의 이름을 이렇게 불러본 적이 없는데, 지금은 이렇게 불러봅니다.

30살짜리 친구에게도 반말을 안 해왔는데

'유해자'라는 이름을 오늘 처음으로 이렇게 불러봅니다.

다른 어떤 친구도 동창생 외에는 이렇게 부르지 않으렵니다.

젊은 친구가 병명도 모른 채, 병원을 전전하다가 훌쩍 떠나버렸습니다.

"구정 연휴에 119 차도 타 보고, 앰뷸런스도 타 봤어요"라며

밝은 웃음과 함께 웃기려는 투로 말하더니 가버렸습니다.

겨우 51세에 가족과 친구들을 남기고 엉뚱한 차를 타고 가버렸다니까요.

"저, 금년 못 넘기려나 봐요."

"저 없으면 회장님, 심심해서 못 사시죠?"

엉뚱한 말 하더니, 가버렸습니다.

이렇게 갈 줄 알았더라면 장난을 걸어와도 받아주었을 것을…….

그녀의 그림자를 보며 눈물짓습니다.

2008년 2월 14일. 새벽 3시에 51세의 젊음을 안고,
어디로인지 가버렸습니다.
1999년도 '수필과 비평'에 등단 후, 끊임없는 노력으로 필력을
기르더니 붓을 던지고 가버렸습니다.

애통한 마음과 함께 故 유해자(劉海子) 님의 부고(訃告)를 올립니다.

고인의 명복을 빌면서.
목우회(木友會) 회장 김녕순(金寧順)

이렇게 우리 곁을 훌쩍 떠나려고, 자신을 기억해달라고 그 음악
을 부탁했던 것일까. 이제는 그녀가 듣지 못할 그녀의 휴대폰 속
배경음악이지만 우리가 함께했던 카페의 배경음악으로 넣어본다.
영원히 그녀를 '기억하도록' 그녀가 소망했던 음악을 오늘 다시 들
어본다.

창녕 성씨(成氏) 고택 '아석헌(我石軒)'에 다녀오다

  우리는 70세 이후에 고교 동창생 박병준과 홍정희의 초대로 해외여행을 여러 차례 다녀왔고 국내 여행의 기회도 많았다. 그런데 이번에는 서울사대부고 제21대 총동창회 회장 성기학 님의 초청으로 1박 2일 여정으로 경남 창녕 성씨(成氏) 고택을 방문했다. 70대 후반의 선배들이 편안한 여행을 할 수 있도록 새로 주문하여 출고했다는 대형버스는 내부 좌석이 개조되어 비행기의 일등석을 방불케 하는 안락한 좌석이다.

  성기학 회장은 '노스페이스'라는 해외브랜드 의류제품을 제작 수출하여 연간 매출액이 1조 4000억 원에 이르는 '영원무역'을 경영한다. 기부천사라는 별칭도 듣는 한편, 해외경영을 활발하게 펼친 공로로 국가로부터 금탑산업훈장을 받기도 했다. 선조께서는 우리나라 최초의 양파 시배자이시다. 가뭄이 든 해에는 곡식을 풀어 굶주리는 사람들을 구제하였다는 기록도 있다고 한다. 이러한 기업정신과 개척정신, 나눔의 정신이 오늘날 '영원무역'의 경영정신일 것이다.

현지에 도착하니 성기학 회장의 지극한 배려가 가슴에 닿는다. 네댓 명의 장정을 세워 버스에서 내리는 우리의 가방을 받아 들게 했다. 어깨에 가방을 주렁주렁 멘 모습이 마치 베풂나무에 큰 열매가 주렁주렁 매달린 것처럼 보였다.

조선일보 '조용헌 살롱' 기사를 인용해 본다.

우리나라 삼대명택(三大名宅)은 강릉 선교장(船橋莊), 구례 운조루(雲鳥樓), 창녕 아석헌(我石軒)이다. 창녕의 아석헌은 일명 '성 부잣집'으로 불린다. 집 뒤의 동산은 지네가 꿈틀꿈틀 내려오고 있는 형국이다.

(중략)

앞에는 화기가 충만한 화왕산이 집터를 보고 있다. 집 앞으로 전개된 수백만 평의 '어물리 뜰'은 풍요와 호방함을 준다. 뒤로는 '우포늪'이 화기를 다스리고 있다.

안내에 따라 인근 지방을 탐방하고 정원에서 맛있는 식사를 마치고 찻잔을 들고 별을 보다가 방에 돌아오면 정갈하게 이부자리가 펴 있다. 단잠을 자고 나면 이부자리까지 개켜준다. 참으로 분에 넘치는 대접이다. 머리맡에는 간식과 과일 등을 놓아두는 등 세심한 배려 속에 아침을 맞이한다. 창녕 성씨 고택에서 공주나 왕비의 신분이 된 것 같은 극진한 대접을 받았다.

우리는 우포늪의 광활함과 생태계를 체험하고 직지사를 거쳐 서울로 왔다. 폭염 경계령이 내려진 날씨임에도 80세를 눈앞에 두고 있는 우리가 아무 탈 없이 여행을 마칠 수 있었음은 성기학 회장의 세심한 배려 덕택일 것이다.

재산을 모으기도 어렵지만 후손이 지키기는 더욱 어렵다는 말이 있다. 이토록 베풀고 지극히 섬기는 마음을 지닌 성 부자네 후손들은 더욱 융성하리라는 믿음이 우리 모두의 가슴에 가득했다.

남향집 예찬

 사는 동안에 원하든 원치 않든 몇 번의 이사를 하게 됩니다. 옮기고 싶지 않은데도 어쩔 수 없이 이사를 하게 되면 버릴 것, 안 버릴 것을 구별하지 못하고 마구 버리면서 정신없이 거처를 옮기는 경우도 있지요. 그럴 때에는 방위를 따져가며 이사할 수 없습니다. 그러나 다행하게도 집을 사서 이사할 때에는 가급적이면 남향집을 구입해야 한다고 생각합니다. 자손이 남향집에 살려면 조상 3대가 복덕을 쌓아야 한다는 말이 전해지고 있습니다. 남향집의 가치를 극대화하여 표현한 말이겠지요.

 요즘에는 아파트에 거주하는 사람들이 많습니다. 집을 구하려고 부동산 중개업자와 상담할 때, 매매 물건이 남향집이 아닐 경우 흔히 "아파트에서 무슨 방위 따집니까. 냉·난방시설 다 잘 되어 있습니다"라고 말하는 경우가 많습니다. 그러나 실제로 거주해 보면 차이가 뚜렷합니다. 남쪽은 장수(長壽)의 방향이라는 말도 있습니다.

남향집은 겨울에 난방시설을 꺼놓고 외출하였어도 귀가해 현관에 들어서면 집안에 훈김이 돕니다. 하루 종일 햇볕이 거실 유리 창문을 통해 살균을 하고 내부 온도도 따뜻이 유지시켰으니까요.

평수를 늘리는 것보다 방위에 치중해야 한다고 생각합니다. 신축 공동주택단지에서 청약했을 경우, 작은 평수는 향이 안 좋은 곳에 앉히는 경우가 많습니다. 또한 추첨 결과로 동호수가 정해지기도 하지요. 더 발품을 팔고 더 물색해서 남향집을 구하시기를 권합니다. 행운도 따르시기를 바랍니다.

상점의 경우는 정반대이지요. 남향보다는 북향이 선호됩니다. 남향의 상점은 햇볕으로 물건 포장 색깔이 퇴색되고, 내용물이 변질될 우려가 크기 때문이라 하네요.

서향집은 어떨까요. 우리나라는 계절풍 지대이므로 여름에는 시원한 동남풍이 불고, 겨울에는 강하고 차가운 서북풍이 붑니다. 겨울에 서북쪽 창문 틈으로 찬바람이 하루 종일 스며들겠지요. 속담에 '틈새바람 황소바람'이란 말이 있지 않습니까. 여름에는 원하지 않는 햇볕이 하루 종일 실내를 찜통으로 만들고, 겨울에는 꼭 필요한 해가 들지 않아 냉기가 가득한 곳이 서향집입니다. 6·25 전쟁 때 충청남도로 피난 가서 오빠와 어머니와 세 식구가 방 한 칸을 빌려 산 일이 있습니다. 그곳의 방문이 서쪽으로 향해 있었습니다. 여름이면 원치 않는 햇살이 방 안 가득히 들어와서 낮에는 방 안에 있을 수가 없었습니다.

보금자리를 마련할 때에는 스스로 나침반을 가지고 다니시기를 권합니다. 방향에 관심을 갖는 것은 미신이 아니고 과학입니다. 젊은이들조차 스마트폰에 나침반을 설치하는 사람이 많습니다. 또 다른 응용프로그램에는 '숙면의 잠자리' 라는 것도 있더군요. 여행지에서 잠자리 방위를 그림으로 알려줍니다. 그 그림의 머리 부분이 남쪽을 향해 누워 있더군요. 사람이 운명(殞命)하면 시신의 머리를 북쪽으로 돌려놓습니다. 이러한 일들은 생활 속에서 방위 감각을 소홀히 할 수 없음을 보여주는 것이겠지요.

종종 건물의 위치를 전화로 안내 받는 경우가 있습니다. 방위를 모르는 회사 직원은 "주유소의 길 건너편입니다"라고 되풀이하지만, 동쪽으로 건너편인지 북쪽으로 건너편인지 또는 대각선 건너편인지 알아들을 수 없어 서로 답답합니다. 수년 전, 여자중학교 교장직을 맡고 있는 후배에게 동서남북의 방위 감각을 확실하게 교육시켜 졸업시키라고 당부한 일이 있습니다. 삼각함수도 중요하고 방정식도 중요하겠지만, 동서남북의 방향을 모르고서야 생활교육을 잘 받았다고 어떻게 말할 수 있겠습니까.

방위에 관심을 가져야 남향집에서 살 수 있을 것입니다. 기업가가 중요한 상담을 성공적으로 성립시키려 할 때, 동쪽이나 남쪽 자리에 앉으려고 신경 쓴다는 말을 들었습니다. 왕세자는 동궁(東宮)에서 거처했고, 고을의 수장(首長)은 동헌(東軒)에 앉아 서쪽에 앉힌 죄인을 치죄(治罪)하였습니다.

원컨대, 여러분께서는 동서남북의 방위를 명확히 알아 생활 속에 활용해 더욱 건강하시며 복된 나날 이어가시기를 바랍니다.

제 3 부

그린 그린 그린(Green)

쌓이는 세월과 더불어 몸은 나이 들어도,
마음만은 영원히 푸릇하면 얼마나 좋을까.
"내일이 없을 것 같이 오늘을 살고,
영원히 살 것처럼 끊임없이 배워라"라는 누군가의 말이 생각난다.

그린, 그린, 그린(Green)

    쌓이는 세월과 더불어 몸은 나이 들어도, 마음만은 영원히 푸릇하면 얼마나 좋을까. "내일이 없을 것 같이 오늘을 살고, 영원히 살 것처럼 끊임없이 배워라"라는 누군가의 말이 생각난다. 진취적인 삶과 성취의 기쁨은 자동적으로 와주는 것이 아니니, 스스로 추구하고 인생을 허비하지 않으며 살고 싶다.

    '윈도우폰 사용자 아카데미' 가 열린다는 인터넷 정보를 보고, 서둘러 신청하였다. 마이크로소프트사가 후원하고 투데이스피피시 인터넷사이트(www.todaysppc.com)가 주최하는 행사였다. 스마트폰은 가볍고 편리한 물건이긴 하지만 완벽한 활용 방법이 버거워 답답하던 차에 무료 교육은 무척이나 반가운 소식이었다. 신청자가 많아 추첨 결과를 개별적으로 알리겠다는 통지를 받고는 낙심하던 중 '수강자로 당첨' 이라는 문자 메시지를 받았다.

스마트폰은 휴대전화와 초소형 컴퓨터의 기능이 결합된 첨단기기다. 이동 중에도 무선인터넷이 가능하여 정보검색, 전자우편, 팩스전송도 할 수 있는가 하면, 영화 정보 제공, 길 찾기, 지하철과 버스의 교통 정보, 증권시세, 동영상 재생 등, 열거할 수 없을 만큼 다양한 편의성을 제공한다.

교육 받는 날, 오후 7시쯤 복학생이 된 기분으로 교육장에 도착했다. 기분이 들뜨기도 하고 긴장되기도 했다. 자리를 잡고 앉자 한 청년이 목례를 하더니 옆자리에 앉았다.

"연세가……?"

"78세."

네티즌답게 키워드(keyword)만으로 주고받는 짧은 대화였다. 나이 때문인지 놀라는 표정을 잠시 보이더니 그는 일부러 옆자리로 왔다고 말했다. 나는 그 이유를 묻지는 않았다. '윈도우폰 사용법 강좌'에 참석한 할머니가 궁금했을까, 그보다는 할머니의 사랑을 받으며 자란 청년은 아닐까 짐작해 본다.

'윈도우폰 사용자 아카데미'는 성황을 이루어 빈자리가 없었다. 강의 내용은 알차고 유익했다. 대부분 20~30대로 보이는 수강생들은 새로운 정보에 진지한 모습으로 열중한다. 응용프로그램 설치와 삭제 방법은 필기를 하지 않아도 될 만큼 쉬웠지만, 유용한 사이트를 소개하는 내용의 대형 스크린 화면은 너무 빨리 바뀌었다. 나는 순발력을 발휘해 휴대전화 카메라로 화면을 찍었다. 젊은 짝꿍이 필기를 하다가 도중에 화면을 놓쳤다. 나는 회심의 미소를 지으며 아쉬워하는 청년에게 "내가 찍었으니 화면 사진을 휴대폰 메일로 보내줄게"라고 말했다.

교육장에는 참가자들을 위한 푸짐한 경품도 준비되어 있었다. 강의가 끝나자 행운권 추첨과 퀴즈의 정답 맞추기로 분위기는 점점 더 열기를 더해갔다. 그러던 중 차량용 무선 MP3 플레이어를 사회자가 번쩍 들어 보여주었다. 자그마하고 멋져 보였다. 모두의 시선이 그곳으로 집중되었다. CD 플레이어가 없는 차량에서 이 기기를 이용하면, 다운로드한 MP3 곡을 수백 곡이라도 차량의 스피커를 통해 즐길 수 있는 기계라고 했다.

탐은 났지만 나는 퀴즈에는 자신이 없었다. 그때, 사회자가 큰 소리로 여러분 중에서 춤을 가장 신나게 추는 분에게 드리겠다고 말했다. 말이 끝나자마자 음악이 나왔다. 나는 벌떡 일어나 내 자리에서 몸을 흔들었다. 여러 해 동안 문화센터의 '몸치 탈출'과 '웰빙 댄스' 강습에서 닦은 실력을 유감없이 보여주었다. 몸속에 음악이 있고 율동이 있으니 워밍업도 필요 없었다. 장내는 하나가 되어 박자와 박수가 어우러지고, 결국 MP3 플레이어는 내 것이 되었다.

경품 행사 후반에 여성 참석자는 모두 앞으로 나오라고 했다. 이미 경품을 받은 나는 사양하였지만 굳이 나오라기에 5만원 상당의 상품권이 걸려 있는 가위바위보 경기를 하였다. 그런데 이게 웬일인가. 결선에 오른 세 명 중에 나도 있지 않은가. 세 사람은 약속이

나 한 듯이 똑같이 주먹을 내기도 하고 똑같이 가위를 내기도 하여 보고 있는 사람들의 관심을 증폭시켰다. 최종의 승자를 가려내기 위한 가위바위보는 계속되었다. 드디어 두 사람이 내놓은 가위가 내 주먹에 깨졌다. 부러움과 축하의 박수 속에서 나는 상품권 다섯 장을 받아들었다. 그리고 결선에 올랐던 두 명의 아가씨를 찾아가 나누어주고 내 자리로 돌아와 짝꿍청년에게도 한 장을 주었다.

열기 속의 교육장에서 나오니 밤공기는 상쾌하고, 가로수에 장식된 조명은 별처럼 빛나는 멋진 야경을 이루고 있다. 지하철역으로 가는 길에 짝꿍청년에게 휴대폰을 건네며, 휘황한 야경을 배경으로 잘 찍어달라고 부탁했다. 한 장의 좋은 사진을 얻기 위해 셔터를 여러 번 누르던 버릇은 이때도 나온다. 폼을 잡고 섰다가 청년이 셔터를 누르면 달려가서 LCD 화면에 보이는 내 모습을 확인하고 "노 굿, 다시!", "이번에는 앉아서 찍어 봐요. 앵글을 낮추고." 마음에 들 때까지 포즈 잡고, 확인하고 삭제하고……. 이 순간만은 나는 메가폰 없는 영화감독이요, 독무대의 주연배우이다. 짝꿍청년도 카메라맨의 역할을 즐거워하는 것 같다.

별빛 속에 푸르른 오늘을 보내면서 오늘보다 더 나은 내일을 맞이하기 위해 가슴을 활짝 편다.

그린, 그린, 그린(Green), 영원히 푸르러라.

부창부수

아무리 부부이지만 나와 남편은 별개체이다.

생각이 다르고 습관이 다르므로 때로는 서로 어긋나는 경우가 있다. 예를 들면 남편과 달리 나는 전화 통화량이 많다. 가슴이 헛헛할 때 생각나는 사람에게나 어려움을 겪고 있는 친구에게 전화를 걸지 않을 수 없다. 쓸데없는 통화는 아니었고 남편 옆에서 통화하지도 않았는데 통신요금 숫자 앞에 고개를 들지 못한다.

고심 끝에 전화요금도 선불카드가 있다는 것을 알아냈다. 용돈 금액이 매월 정해져 있으니 선불카드를 사면 다른 지출을 조절해야 한다. 하지만 지금은 카드를 사용하여 마음 편하게 전화를 건다.

남편은 이번 월말에도 통장의 자동이체 지출란을 챙겨볼 것이다. 확 줄은 전화요금을 보며 "우리 마누라, 내 말 참 잘 듣네"라며 기분이 좋아 앞가슴을 쑥 내밀지 않을까.

부부가 서로 다른 부분에서 나에게 맞추어주기를 요구하면 불협

화음만 커진다. 내가 다가서고 내가 변하는 것이 쉽지, 상대를 변화시키기는 어려울 것이라고 생각한다. 세모 모양의 틀에다 네모꼴을 틀어넣기는 어렵다. 억지로 맞출 수는 없다. 비슷한 사람끼리 만난 것을 감사하며 지아비의 노래에 장단을 맞추며 살련다. 남편이 좋은 노래를 가려 부르도록 돕고, 가락과 장단이 맞지 않을 경우에는 변주곡(變奏曲)으로 조율하며 맞추어 가리라.

대견한 나의 외손녀

2004년 신정(新正), 큰딸은 시댁에 다녀오기 위해 밤길 고속도로를 운전하였다. 차에는 사위와 외손녀 둘도 함께 타고 있었다. 2차선으로 약 100킬로미터쯤 갔는데 갑자기 옆에서 '쿵' 하는 소리가 났다. 옆 차한테 받힌 것이다. 받힌 힘 때문에 차는 비스듬히 엉뚱한 방향으로 주행이 되어 옆의 차선을 넘어가 분리대를 받을 뻔했다. 순간, 핸들을 돌려 용하게 피하긴 했다는데 다시 오른쪽으로 갔다. 이번에는 고속도로 난간을 받을 듯했을 때 핸들을 재빨리 돌려 3차로에 가까스로 세웠다 한다.

처음 당하는 상황에서 침착하게 대응한 큰딸도 대견하지만 운이 좋았다는 생각이 든다. 마침 뒤에서 오던 차들이 재빨리 주행을 멈추어 정지하고 있었으니 다행이지, 못 보았다면 연쇄추돌로 여러 차들이 큰 불행을 당할 뻔했던 아찔한 순간이었다.

교통사고 얘기를 하려는 것이 아니다. 뒷좌석에 앉아 있던 새끼 불독들의 이야기를 하고자 한다(사위는 제 딸들을 그렇게 부른다). 큰 외손녀의 침착한 태도가 너무 기특해서 칭찬해주고 싶은 마음이다. 고등학교 1학년인 손녀는 놀란 순간에 소리를 지르기는커녕, 초등학생인 동생의 머리를 두 손으로 감싸 제 가슴에 껴안고 보호하였다고 한다. 얼굴과 머리 부분을 보호해야겠다는 언니로서의 잠재의식은 누가 시켜서 되는 일도 아니며 미리 대비해 두었던 것도 아니다.

순간적으로 내가 해야 할 가장 적절한 행위가 무엇인가를 파악하고, 순발력으로 행동에 옮길 수 있었다는 것이 얼마나 대견한가. 그 짧은 시간에 얼마나 많은 생각이 일어날까. 그런데 손녀는 자신의 안위보다 동생을 먼저 생각했다. 그 순간은 짧으면서도 긴 시간이었을 것이다. 하여튼 머리를 언니 가슴에 묻힌 작은 외손녀는 '나만 살면 어쩌나' 하는 생각이 되풀이되었다고 한다.

사고를 당하여 차는 찌그러진 상태이지만 엔진 부분과 조향 부분(핸들)이 기능을 잃지 않아 명령대로 따라 움직여주어 고맙다. 딸네 가족에겐 침착성을 칭찬하고 싶다. 그리고 모든 일이 순조롭게 해결된 것에 대해 신에게 감사한다.

말 나온 김에 외손녀에게 칭찬 한마디 더 보태야겠다. 초등학교 때 담임선생님에게 "저는 사촌동생들도 많은데요, 제가 열심히 공부해야 동생들이 나를 따라 할 터이니 책임이 큽니다"라 하더란다. 선생님이 하신 칭찬의 말을 들은 나는 눈물이 날 만큼 감격했다. 이번에도 제 동생을 감싸는 마음이 순간적인 행동으로 나타난 애기를 듣고 놀랍고 고마웠다.

　어려서 울기 시작하면 아무리 달래도 제가 그치고 싶어져야 그치던 고집쟁이가 언제 이렇게 의젓한 언니와 누나가 되어 동생들을 의식하고 모범이 되겠다는 생각을 가지고 있단 말인가. 맏이 의식과 리더 정신이 얼마나 뚜렷한가. 감각이 둔하고 능력도 부족한 미인보다 차라리 위급한 상황에서 최선의 대처방안을 판단하고 민첩하게 행동할 수 있는 '불독'이 훨씬 낫다. 비록 불독 같이 생겼다고 제 아빠는 놀리지만 나에게는 그 누구보다도 예쁘게 보인다.

　세월이 지난 지금은 새끼 불독들이 예쁘게 자랐다. 커가면서 이렇게 예뻐지는 추세라면 대학생 때에는 '몸짱'에다 '얼짱'도 틀림없을 것 같다. "노인은 뱃심과 자랑으로 산다"는 말이 있다. 손주 자랑은 돈을 내놓고 하라는데 거금을 내놓으라 해도 나는 대견한 내 외손녀를 자랑할 것이다. 식물은 물과 햇볕이 있어야 하듯이, 아이들은 사랑과 칭찬으로 북돋워주어야 쑥쑥 자랄 것이라 생각한다. 대견한 나의 불독들아, 예쁘게 자라거라.

상여금과 어머니

아버지는 서른다섯 나이에 병으로 별세하셨다. 어린 남매를 객지 타향에 홀몸 아내에게 남겨놓고 저승으로 가시는 발걸음이 천근만근 무거워 어찌 가셨을까.

그 이후 어머니는 방세와 시골 소작인이 보내오는 약간의 수입이 고작이었다. 평생 고정수입이 없었던 분이니 상여금까지 자주 받는 춘남이 어머니가 얼마나 부러우셨을까.

"춘남이 네는 또 상여금이 나왔대요."

이웃 아주머니들이 주고받는 이 말의 뜻을 잘 몰랐지만 부러워하는 눈치는 어린 나이에도 잘 알았다. 내가 크면 '상여금'이라는 것을 어머니의 손에 듬뿍 건네 드리리라 다짐하였다. 상여금이라는 낱말은 이제는 별로 쓰이지 않고 '보너스'라는 말로 쓰이고 있다. 명절이나 연말 무렵이면 자주 듣게 되는 이 말이 내게는 아픔과 함께 다가온다.

피난살이 어려움 속에서 나는 다행스럽게도 여학교 교사로 발령을 받았다. 자랑스러워하는 어머니를 대하는 것이 큰 기쁨이었으나 십여 년간이나 품어온 상여금에 대한 소원을 풀어드릴 수 있다는 것은 더 큰 기쁨이었다.

어머니께 용돈을 드리면 늘 하시는 말씀은 정해져 있었다.

"내가 쓸 데가 뭐 있다고 이렇게 많이 주느냐."

많이 드리는 것도 아닌데 어머니는 매번 거절하곤 하셨다.

사양하시는 이유 이외에도 또 다른 이유가 있어 어머니께 뭉칫돈을 드리지 못했다. 오빠 내외는 서울에 살고 있었고, 어머니가 사시던 곳은 충청남도 산골 마을이었다. 주말에 내가 다녀갔다는 것을 동네 사람들이 다 알 정도로 작은 동네이다.

내가 시골에 다녀온 이튿날이면 우리 집에 좀도둑이 들었다. 어머니가 들에 나가신 사이에 세간을 샅샅이 헤쳐 놓았다는 말을 들었다. 그 후로는 그나마 용돈 드리는 것도 조심스러웠다. 혹여 돈 때문에 어머니 몸이라도 상하실까 걱정이 되었기 때문이다. 없어지거나 잃어버리시면 얼마나 마음이 아프실까 염려스러웠다.

결혼 후에는 부모님 용돈에 대한 내 나름의 규정을 정해놓았다. 3분의 2는 시댁으로, 3분의 1은 친정으로 배분하였다. "약은 고양이가 밤눈 못 본다"는 속담이 있는데 바로 나를 두고 하는 말인가. 경제적으로 여유 있으신 시부모님보다 힘들고 외로운 친정 홀어머니를 더 살뜰히 보살펴드렸어야 했는데…….

지금 생각해보면 가슴 칠 일이 한두 가지가 아니다. 보리밥이 더 맛있다고 항상 보리밥만 드셨고 내게는 쌀밥만 주셨다. 당연한 일인 듯 나는 태연하게 먹었다.

아, 불쌍한 우리 어머니. 못난 저를 어찌하오리까. 어머니는 보너스를 받아도 넘치도록 받아야 할 분인데, 뒤늦게 철이 나서 상여금을 드리려 한들 멀리 떠나신 후이니 어찌하오리까.

며칠 전, 큰딸이 적금을 탔다면서 사고 싶은 것을 사라고 봉투를 건네준다. 명절이나 어버이날도 아니고 특별한 날도 아니다. 바로 이 봉투가 딸이 주는 상여금이지 싶었다. 내가 내 어머니께 못한 일을 딸에게서 받고 보니 감회가 새롭다. 자식의 입장에서 부모가 살아계셔서 용돈을 드릴 수 있다는 것은 얼마나 큰 기쁨인가. 사양만 하시던 우리 어머니를 그리는 마음과 후회하는 아픔을 생각하며 나는 기쁜 마음으로 사양 않고 받았다.

자식이 철들 때까지 부모님이 살아계시면 얼마나 좋을까. 하지만 부모님은 언제 떠나실지 모르는 일이다. 세상의 자식들이여, 후회를 남기지 않는 나날을 보내는 것이 나 자신을 위하는 현명한 길임을 알라. 살아계실 때 상여금을 두둑이 드릴 수 있는 자식이 되기를 바란다. 그렇게 살다 보면 잘 살았다고 뜻밖에 상여금을 탈지도 모르는 일이니까.

어머니가 남기신 것

가을의 짧은 해가 기운다. 앙상한 가로수 사이로 줄지어 선 간판들이 행인의 눈길을 끌어당기기 위해 경쟁이라도 하듯 서 있다. 간판들 중 '온 누리'라는 글자가 유독 가슴에 와 닿는다. '온 누리'라는 세 글자가 적힌 쪽지를 들고 애타게 묻고 다니시던 내 어머니의 모습이 다가온다.

1945년 우리나라가 해방되었을 때, 나는 초등학교 5학년이었다. 일본의 식민지 정책으로 말살 위기에 놓였던 우리나라 말이 햇빛을 보게 되어 학교에서도 한글을 가르치기 시작하였다. 어느 날, 나는 책을 읽다가 '온 누리'라는 낱말의 뜻을 몰라 어머니에게 물었다. 아마도 '해방의 감격이 온 누리에 울려 퍼졌다'는 구절에 들어 있었던 것으로 기억된다. 문장을 보여 드렸더라면 앞뒤로 미루어 '온 세상'이라고 짐작할 수 있었겠지만, 낱말 하나를 뚝 떼어 물었으니 생소한 낱말의 뜻을 누구라도 종잡을 수 없었을 것이다.

낱말이 적혀 있는 쪽지를 들고 윗동네 아랫동네로 여러 날 동안 이나 알 만한 사람을 찾아 묻고 다니시던 어머니, 그 모습을 나는 간판 글씨로부터 보았다. 낱말 뜻 하나 모르는 것쯤은 대수롭지 않게 여길 수도 있을 텐데, 알아내지 못하는 것을 무척이나 안타까워 하셨던 어머니. 자식 교육에 관련된 일이라면 작은 일도 소홀히 넘기지 않으셨던 모습을 떠올릴 때마다 가슴이 저려오며, 너무나도 미미한 존재인 오늘의 내가 부끄럽고 죄송하다.

나의 아버지는 서른넷의 젊은 나이에 복막염으로 별세하셨다. 그때 오빠는 여섯 살, 나는 두 살이었다. 혼자 몸으로 남매를 키우셔도 어머니는 항상 밝은 모습이었다. 우리 집에는 늘 사람이 많이 왔던 것으로 기억된다. 동네 아주머니들이 모여 이야기를 나눌 때, 어머니의 말소리는 안 들려도 웃음소리는 크게 들렸다. 남을 웃기는 분이 아니고, 남의 얘기에 맞장구를 쳐주며 웃어주는 분이었다. 주변을 어둡게 하지 않으려는 배려가 깊은 분이었다.

어지럼증으로 찬장 모서리에 이마를 다치셔서 피가 났다. 쩔쩔 매는 딸에게 "괜찮아, 안 아파" 하셨는데, 정말 안 아프셨을까. 시골에 혼자 사실 때, 다니러 가보니 손목을 헝겊으로 칭칭 감고 계셔서 깜짝 놀랐다. "괜찮아, 이제 다 나았다"고 태연한 척하셨는데, 억지로 풀어보니 골절되었던 뼈가 약간 어긋하게 붙어 있었다. 다치셨다면 열 일 제치고 달려올 자식들을 염려하여 연락하지 못하게 해서 어쩔 수 없었다며 아주머니들이 미안해하셨다.

아무리 힘들고 어려워도 힘들다는 말은 하지 않으셨다. 늘 밝아 보여 마음이 편하신 것으로 알았는데, 어느 날 멍하니 앉아 깊은 생각에 빠져 있던 어머니의 모습을 본 나는 어린 마음에도 어머니가 측은하였다. 그래서 그 이후 어머니가 가장 중요시하셨던 공부를 열심히 했다.

돌이켜보면 어머니는 작은 거인(巨人)이었다. 체격은 서울 동네에서나 시골 마을에서 제일 작으신 분이었는데, 남을 위하는 일에는 누구 못지않게 큰 분이었다. 우리 세 식구는 방을 하나만 사용하고, 두 개를 세놓고 살아야 하는 살림이었는데도, 아래채를 비워놓고는 상급학교 시험을 치르러 서울에 오는 사람, 취직하겠다고 상경하는 사람, 서울에 정착하려는 친척들의 임시 거처로 제공하였다.

전쟁으로 식량난이 극심하던 때에도 우리 집에 찾아오는 사람들에게는 큰 사발에 고봉밥을 퍼주셨다. 밥을 지을 때에 쌀밥만 하시는 것이 아니라 보리밥도 함께 하였다. 어머니는 평생 찬밥과 보리밥을 잡수셨고, 자식과 손님에게는 하얀 쌀밥을 주셨다. "보리밥을 더 좋아한다"는 어머니의 거짓말 속에 담겨 있는 참뜻을 나는 너무 늦게야 알았다. 돌아가신 후에 가슴을 친들 무슨 소용이 있으랴.

6·25 전쟁 때 피난 간 시골에서는 명절 때가 되면 집집마다 콩을 불려 두부를 만들었다. 어머니도 콩을 담그셨다. 낮에는 하루 종일 여러 집을 다니며 도와주시고, 우리 집은 밤에 어머니 혼자 맷돌을 돌리셨다. 나는 화도 나고 답답하기도 했는데, 지금 생각하면 옹졸

했던 내가 부끄럽다. 베풀기는 거침없이 하셨지만 남의 신세를 지는 것은 작은 일일지라도 피하셨다. 내가 지금 따뜻한 집에서 살고 김이 오르는 밥을 먹을 수 있는 것은 나의 어머니가 뿌려놓은 공덕의 결과라고 믿는다.

내 어머니가 나를 남다른 정성으로 키웠듯이, 나도 힘껏 자식을 가르쳤다고 말할 수 있을까. 작은 에피소드이지만 나의 세 아이가 한창 공부할 시기에 아들의 고등학교 선생님 내외분을 우리 집에 초대한 일이 있다. '헌 그릇으로 아들의 스승을 대접할 수는 없다'는 생각에 수저 두 벌과 반상기를 새로 사서 소중한 두 분을 대접했다. 당시에 남편은 직장을 잃은 때였다. 어려운 살림에 무슨 낭비냐고 생각할 수 있겠지만 자식의 선생님을 성의껏 대접했다는 추억으로 남아 있다. 그것은 아마도 자식 교육에 전력을 쏟았던 내 어머니의 영향이었으리라.

초등학교 시절, 나를 가르쳤던 일본인 여선생님들은 어머니를 '닛뽕이찌노 오카아상'이라고 했다. '일본 제일의 어머니'라는 뜻이다. 학교에 자주 오셨을 리도 없는데 어떻게 그런 칭송을 들을 수 있었을까. 자식의 교육에 관계된 것이라면 어떤 것이든 열성적으로 하셨던 어머니의 교육열이 전달된 것이리라.

아버지의 산소가 너무 멀고 높은 산 위에 위치해서, 자손들이 성묘 다니기 힘들다고 어머니는 생전에 늘 염려하셨다. 돌아가시기 전에 몸소 마을에서 가깝고 나지막한 곳에 유택(幽宅)을 마련해놓으셨다. 이렇듯 자식이 힘든 일이 없도록 미리 배려하신 어머니. 초등학교도 다니시지 않았으나 글을 읽고 쓸 줄 아셨고, 가족에게 온 편지 봉투를 들고 한자를 어림짐작으로 독학하시던 어머니의 모습에서 나는 배우고 또 배워야 한다.

귀로

누구나 세상을 떠날 때는 고향이 그리워지는가 보다. 내 어머니
도 그러셨다.

추석 즈음이었다. 위독하시다는 연락을 받고 달려갔을 때는 이
미 의식이 없는 듯, 말문도 닫으신 후였다. 아들네 집에 계시면서
도 나를 만나기만 하면 '시골에 데려다 달라'고 그렇게도 조르시더
니 이대로 아파트에서 운명하셔야 하나 내 마음이 복잡했다. 진작
소원을 이루어드리지 못한 회한에 마음이 아팠다.

전원이 그리우신 어머니는 아파트 생활을 감옥살이 같다고 늘
불평하셨다. 시골에는 피난시절 고생하며 지은 집이 있고, 가슴이
확 트이는 들판이 있기 때문이었을까.

1980년대인 당시에도 추석 명절의 고속도로는 정체가 심했다.
모시고 가다가 도로상에서 객사하시게 될지도 모를 일이다. 만용
의 귀향길이냐, 싫어하시는 도시 아파트에서 임종하시게 하는 불

효이냐, 선택의 갈래길은 절박한 상황이었다. 드디어 '모시고 가야 할 길'이라 결심했다.

출발하기 위해 키가 큰 당숙부가 안아 올렸더니 의식이 없는 듯 하던 분이 깜짝 놀라 두 팔로 허공을 저으셨다. 나는 어머니 귀에 다 대고 부드럽게 말했다.

"시골에 가는 거예요. 어머니, 시골에 모셔다 드릴게요."

놀랍게도 잡은 손의 힘을 빼시고 안도한 듯 안겨 있었다.

정체된 고속도로의 차 안에서 미음을 넣어드리며, 시골에 내려 가는 중이라는 것을 반복하여 말씀드렸다. 실오라기 같은 생명줄 을 놓치지 않으시도록 당부하는 나의 안간힘이었다.

드디어 무사히 도착하여 안방에 눕혀드리고 기저귀를 갈아드리 는데 축축이 젖어 있었다. 그것은 뚜렷한 생존의 징후였다. 기쁨의 눈물이 왈칵 쏟아졌다.

"엄니 쉬 하셨네. 걱정 말고 많이 많이 하세요. 얼마든지 하세요."

나도 모르게 어머니의 엉덩이를 토닥거리며 상기된 목소리로 말 했다. 의식불명인 것 같던 어머니의 볼과 입가가 살짝 움직였다. 웃으시는 것 같았다.

"우리 엄니, 웃으시네! 아주머니, 엄니가 웃으셨어요."

머리맡에서 걱정스레 지켜보던 숙모도 반가워 웃었다.

누구라도 태어나서 적어도 일 년간은 기저귀 신세를 진다. 자식 의 배설물을 더럽다고 생각하는 어머니는 한 분도 안 계신다. 내가 혹시 2년 간 어머니의 간병을 하였다면 처음처럼 그렇게 기쁨으로 계속 대처할 수 있었을까? 어머니의 애정은 변하지 않는다. 부모님의 은혜는 그 끝을 헤아릴 수 없지만 자식의 마음은 미미하기 그지없다는 것은 참으로 부끄러운 일이다.

　이승과 저승의 갈림길에서 촌각을 다투는 것 같던 임종이 시골에 왔다는 것만으로도 밀려났는지, 의식이 없으신 채 이틀 밤을 편안히 넘기셨다. 회복만 하시면 돌아가실 때까지 나의 일상을 접고 시골에서 모시고 지내기로 작정하였으나 야속하게도 3일 만에 운명하셨다.

　'어버이 살아신 제 섬기기 다하여라.
　지나간 후면 애달프다 어이하리.
　평생에 고쳐 못할 일이 이뿐인가 하노라'

　이 고시조는 학생 시절에 시험공부를 위해 암기한 구절이었을 뿐인가. 이렇게 뒤늦게 가슴을 치려고 외웠던 것일까. 아무리 가슴을 쳐도 소용없는 일이다.

　어머니는 생전에 영혼이 떠난 당신 몸의 수습을 내게 부탁하셨다. 몇 번이나 당부를 하셨는데도 나는 한 번도 흔쾌히 응낙을 하지 않았었다. 예전에 초상집 문 옆에 조등을 켜서 상중임을 알리는 풍습이 있었는데, 나는 초상집 앞을 피해서 다녔다. 그 집 안에는 죽은 사람이 누워 있고, 주변에는 검은 옷을 입은 귀신들이 영혼을 데려가려고 서성거리고 있을 것 같아 섬뜩하고 무서웠다.

30대에 홀로 되신 나의 어머니는 수의를 손수 바느질해 놓고 입히는 방법을 여러 차례 내게 가르쳐주셨다. 수의를 입히는 것만도 싫은데, 운명하신 후에 해야 할 일을 남의 손을 빌리지 말고 딸이 하도록 당부하시는 것이었다. 그 과정은 남자들이 하는 일이다. 남자도 아무나 할 수 있는 것이 아니고 우리 집안에서는 당숙뻘 되는 분이 온 집안의 염(殮)을 맡아 하셨다. 거역할 수 없어서 묵묵부답이었으니 응낙하는 뜻으로 아셨겠지만, 내 마음속에서는 매번 짜증스러웠다.

　생전에 내가 듣기 싫어하는 줄 아시면서도 "입이 벌어져 있으면 벌린 채 놔두지 말고 굳기 전에 턱을 손으로 올리고 수건으로 머리에 묶어라" 하시더니 정작 어머니는 얌전히 입을 다무신 채 가셨다. 어머니가 돌아가셨는데도 무서운 생각은 조금도 없었다. 저승사자 따위는 조금도 겁나지 않았다. 염할 때에는 이미 싸늘해진 어머니의 몸에 닿는 나의 뜨거운 손에는 정감이 흘렀고, 눈물 고인 내 눈길은 연민과 애정으로 뜨거웠다. 이렇게 잘 마무리해드릴 수 있는데, 생전에 당부하실 때에 왜 시원스럽게 대답을 못 해드렸을까. 다 소용없는 후회였다. 정성스레 깨끗이 닦아드리며 비로소 깨달았다. 남의 손이 당신 몸에 닿는 게 싫으셨고, 90세의 어머니에게도 여성의 부끄러움이 있었다는 것을……. 가르쳐주신 말씀대로 마지막에 두 손을 모아 배에 올려드렸다.

　'아들네 집에서 운명하시게 한다' 는 허울 좋은 고정관념을 앞세워 어머니를 오빠네에 계시게 했다. 원하지 않는 생활을 강요한 불효 여식의 죄를 어찌해야 하나요? 신부전증에 시달리고 있던 오빠에게 말년의 어머니를 맡긴 죄를 가슴을 치며 뉘우친다.

어디로 가시는지 모를 곳으로 돌아가시는 어머니의 표정은 책망도 용서도 없이 담담하고 싸늘하기만 했다. 90세까지 사셨는데 '시골에 가고 싶다'는 소원을 더 일찍이 이루어드리지 못하여 죄송하고 후회스럽다.

부모님들은 한이 없는 큰 사랑을 베푸시는데도 자식에게 바라는 것은 몇 가지 안 된다. 그것을 못 해드리는 자식들의 죄가 끝도 한도 없이 크기만 한 것 같다.

어머니의 틀니

이가 없으면 잇몸으로 산다는 속담이 있다. 그런데 이로 사는 삶과 잇몸으로 사는 삶이 어찌 같을 수 있겠는가.

어머니가 사용하던 틀니를 잃어버렸다. 그냥 사용하던 물건도 잃어버리면 아까운데 더구나 틀니를 잃어버렸으니 얼마나 안타까웠을까. 아무리 찾아봐도 틀니를 찾을 수 없었다. 우리 집에서 지내시던 어머니가 오빠네로 가시던 날, 나는 분명히 어머니 가방 속에 틀니를 넣어드렸다. 그런데 어머니는 틀니를 찾을 수가 없다는 것이다. 식사를 제대로 못하시는 어머니는 불편하셨을 것이다. 그것을 바라보는 내 마음은 난감했다.

그때 어머니가 90세였다. 그러니 틀니를 새로 하는 데 문제가 많았다. 그 연세에 시술해줄 치과를 찾는 것도 문제였고, 자가용이 없던 때라 치과에 다니는 것도 불편했고, 경제적으로 힘든 시기여서 비용 또한 큰 문제였다. 어머니는 물론 주위의 사람들은 '얼마나 더 사신다고 고생하며 틀니를 다 하느냐 며 반대까지 했다. 그러나 내 생각은 달랐다. 일주일을 살다 가신다 해도 식사를 제대로 하셔야 한다는 지론이었다. 잇몸으로만 사시는 어머니를 내가 용납할 수 없었다.

비용 문제는 친정 조카의 도움을 얻기로 했다. 교복을 입었던 모습이 엊그제 같은데 이렇게 한몫을 하는 어른이 되었다. 내가 어려울 때 이렇게 도움을 주는 조카가 정말 고마웠다. 치료해줄 병원은 아들이 소개해주었다.

비용 문제는 넘었고, 치료할 치과도 해결되었는데 고비는 다른 데 있었다. 치과에 다니는 일이었다. 멀미가 심해 차를 타기가 힘든데 다행히 치과는 집 앞 큰길 건너편에 있었다. 택시를 이용할 거리도 아니다. 그런데 불행스럽게도 길은 8차선 횡단보도를 건너야 했다. 어머니는 보행이 불편했다. 그래서 한 번에 8차선을 건너기가 어려웠다. 중간에 멈춰 쉴 만한 곳도 없었다. 한 번의 신호에 그곳을 건너기는 항상 불가능했다. 한 손으로 어머니를 부축하고, 한 손으로는 서 있는 차의 운전자에게 양해를 구해가며 건너야 했다. 매번 염치없고 미안스러워 동동거리다 보면 횡단보도만 건너고도 내 옷에는 땀이 흥건할 정도였다.

그럭저럭 길을 건너고 병원 건물의 현관에 들어서면 또 한 고비가 기다렸다. 치과는 2층이었다. 승강기가 없어 계단으로 올라가야 했다. 작은 체구의 어머니를 업고 쉽게 올라갈 수 있을 것이라 생각했다. 그런데 내 오산이었다. 어머니는 늙어 작아지고 더 여위

었는데 내 생각보다 훨씬 무거웠다. 아무리 힘을 써도 어머니의 발이 바닥에 붙은 듯 떨어지지 않았다. 나도 벌써 이렇게 작은 어머니도 못 업는 허정개비가 되었단 말인가. 당혹스러웠다. 그동안 어머니는 작아졌으나 세월의 무게가 어머니의 어깨 위에 얹혀 있었던 모양이다. 나는 그것을 몰랐다. 사람이 늙어 죽을 때가 되면 점점 작아져 한 줌 흙으로 사라지겠지만, 그가 산 세월의 무게는 점점 커진다는 것을. 어머니도 그랬던 것이었을까. 그래서 보이지 않는 무게가 있었던 것이었을까.

나와 어머니가 현관 바닥에서 끙끙 앓고 있을 때, 지나가던 사십대의 여인이 다가왔다.

"몇 층에 가세요. 제가 업어 드릴게요."

어머니를 위해 천사가 내려온 것 같았다. 젊은 천사는 어머니를 가볍게 업고 2층 계단을 올라갔다. 그 뒤로도 여러 날을 나와 어머니는 어떻게 2층을 오르내릴 수 있었는지 지금 생각해보면 어머니의 틀니를 만드는 과정이 꿈을 꾼 듯 아득하다. 그 틀니는 어머니의 입속에서 마지막 남은 생을 지탱해주는 친구가 되었다. 가장 귀중한 물건이 되어 어머니를 흡족하게 해주었다.

어머니가 돌아가실 때, 마지막으로 만들었던 그 틀니를 어머니 입속에 끼워드렸다. 합죽하던 입이 볼록해지며 어머니의 제 얼굴이 나타났다. 마치 웃는 것처럼 얼굴에 미소가 도는 듯했다. 틀니를 관 속에 넣어드려야 한다는 집안 어른들의 의견에도 불구하고 나는 어머니가 저세상에 가셔도 이가 있으면 맛있게 잘 드실 거라는 생각에 그렇게 해드렸다.

부모는 자식을 위해 모든 것을 준다. 그러나 자식은 부모를 위해 아무것도 따지지 않고 모든 것을 내줄 수 있는가. 나는 그렇지 못했던 것 같다. 어머니 치아 비용보다 아들의 등록금을 먼저 생각했었다. 이제 와 생각하면 부끄러운 일이다. 그래도 제때에 틀니를 해드릴 수 있도록 경제적인 도움을 준 조카가 있었고, 좋은 의사를 연결시켜준 아들이 있었기에 내가 후회 없는 일을 할 수 있었다.

아직도 하늘나라의 어머니는 틀니로 맛있는 거 잡숫고 계실까.

외손녀와 총구클럽

　지금은 대학생인 외손녀는 초등학교 동창생 사이의 다양하고도
정이 깊은 이야기를 나에게 자주 들려준다.

　외손녀가 초등학교 다닐 때의 일이라고 한다. 졸업을 코앞에 둔
친구들이 때마침 그 고장에서 벌어지는 축제에 참가하기로 합의를
했다. 초등학교 6학년생들이 곧 헤어지게 될 담임선생님에게 추억
거리를 만들어드리자는 생각에서였다. 자기가 다룰 수 있는 악기
를 하나씩 가지고 악단을 만들어 출연하기로 했다.

　한국의 교육열은 놀라운 수준으로 충청남도의 한 좁은 고장에서
도 아이들이 여러 가지 악기들을 익히고 있었다. 플루트, 바이올
린, 가야금, 단소 등이 등장했고 그 밖의 친구들은 탬버린으로 박
자를 맞추며 동참하였다. 연습을 거듭했지만 담임선생님께는 비밀
로 했다. 마침 단상에는 피아노가 있어서 피아노 반주까지 곁들여
17명의 구성원이 하나가 되어 연주를 했다. 담임선생님을 관련시

킨 대목이 나를 감동케 한 일이다.

담임선생님은 이홍구 선생이었다. 50대 초반의 남자 선생님의 이름은 나의 딸과 외손녀로부터 자주 들어온 터라 나도 익히 기억하고 있다. 연습을 중지하고 행사 당일에 초등학교 교무실에 우르르 몰려가서 떼를 써도 끄떡 안 하시는 분을 납치하다시피 모셔왔다.

"왜 그려~ 말 좀 혀~ 봐."

영문도 모르는 채 조무래기들의 성화를 이겨낼 수 없어 공연장 앞자리에 앉으셨다.

차례가 되어 일행이 무대에 올라섰다. 전부 흰 머리띠를 두르고 등을 보이며 서 있다가 연주에 앞서 관객을 향해 일제히 돌아서면서 "홍~ 구~!" 라고 외쳤다.

그리고 각자의 악기로 합주를 시작했다. 버르장머리 없이 선생님의 존함을 불렀으니 종아리에 회초리를 맞아도 한참 맞아야 하지 않을까? 이홍구 선생은 남자 교사였음에도 회초리는커녕 계속 눈물을 닦고 있었다. 그들의 흰 머리띠에는 '홍구클럽' 이라고 씌어 있었고, 출연 신청 팀의 이름도 '홍구클럽' 이었다. 연주가 끝나자 그중의 한 명이 큰 소리로 말했다.

"이 공연을 우리학교 6학년 담임이신 이홍구 선생님께 바칩니다."

외침과 동시에 출연자 전원이 일제히 경례를 올렸다. 참새 머리보다 쪼깨 큰 머리에서 어떻게 그런 발상이 나왔을까. 꼬맹이들이

'홍구클럽'을 결성한 것과 클럽 이름이 쓰여 있는 머리띠를 소품으로 준비한 것이며, 공연의 시작과 끝 장면의 연출 솜씨가 신통방통하기만 하다.

초등학생이던 그들도 어느덧 지옥 같은 고3 시절을 겪어야 했다. 갈 길은 서로 달랐지만 충청도 사투리는 여전히 아빠와 엄마들을 묶은 연결고리였다. 숨 가쁜 합격소식을 느긋하게 충청도 버전으로 알려왔다 한다.

"됐시유~"

"붙었시유~"

"합격했구먼유~"

가슴 벅찬 숨결도 충청도 아낙네들의 말투를 채찍질할 수는 없었던 모양이다.

초등학교 학창에서 맺어진 인연의 얘기 속에는 조무래기들만 등장하는 것이 아니다. 친구들은 대학생이 되었고 이홍구 선생은 교직에서 퇴직하셨는데, 지금도 아이들의 아빠 엄마는 선생님을 모셔낸다. 막걸리의 텁텁한 술잔과 구수한 사투리로 범벅이 된 자리가 풍겨내는 분위기는 더욱 진한 정(情)의 메아리로 원을 그리며 들려온다.

술자리는 고스톱 자리로 이어지기도 한다는데, 적은 판돈이지만 선생님이 잃고 학부모의 누군가가 딴 때면 몇몇의 학부모들이 "당신, 학부형 맞아유~?"라고 악의 없는 공격성 농담으로 어우러진다고 한다. 참으로 구수한 장면이다.

외손녀의 동기생들은 이제는 20대의 이성 간이지만, 터놓고 대화를 나누는 것 같았다. 때로는 머리를 맞대며 꿈을 향한 미래의 진로를 의논하기도 하고, 이성문제가 화두로 나오기도 한다. 엉뚱한 곳에서 받은 상처를 친구들에게 털어놓기도 하고, 이성을 만나 앓고 있는 열병을 달래주기 바라는지 열기를 뿜어내기도 한다. 꿈을 펼치고 이루어가면서 서로 힘이 되고 도움이 되며, 상처를 치유하는 약이 되기를 바란다.

인연은 인위적으로 맺어지는 것이 아니니, 맺어진 인연을 소중히 알고 향기롭게 이어가는 것이 삶의 정이요, 지혜라 생각한다. 나의 외손녀도 만나고 헤어지는 사이에 맺어진 인연들이 인생의 소중한 꽃으로 피어 있기를 바란다. 들을 때마다 흐뭇하고 정겨운 외손녀의 초등학교 동기생 이야기가 앞으로도 더 좋은 소식과 이야깃거리로 가득 채워지기 바라는 마음 간절하다.

'다나'는 우리 집에 온 지 19년이 된 개의 이름이다. 개의 나이는 사람의 나이의 일곱 배와 같다는 말이 있으니 사람이라면 백 살이 넘었다. 이제 천수(天壽)를 다했는지 닷새째 아무것도 먹지 못한 채로 의식도 없는 듯이 사경을 넘나들고 있다.

저토록 이 세상을 떠나지 못하고 있는 이유가 무엇일까. 무슨 생각을 하며 목숨 줄을 놓지 못하는지 안쓰럽기 그지없다. 가쁜 숨을 몰아쉬고 호소하듯 가냘프게 짖으면 마지막인가 싶어 품에 안고 지켜보지만 스르르 잠에 빠진다. 주위에서는 안락사를 권유하지만 통증의 징후가 없는 것 같은데 꺼져가는 촛불 같은 숨결을 인위적으로 끊게 하고 싶지는 않다. 한두 시간일 줄 알았지만 여러 날째 연민과 이별의 아픔으로 눈길을 떼지 못하고 곁에서 지켜보고 있다.

숨지기 전에 작별 인사라도 나누기 위해 달려온 아들이 숨결이 잦아든 다나를 안는다. 한 번이라도 더 쓰다듬어주기 위해, 아니

작별을 나누기 위해 품에 안고 토닥거려주며 마지막 정을 쏟는다.
새벽 세 시경에 다나를 방바닥에 눕히고, 잠자리를 만들어준다. 아
들의 정겨움을 다나도 알아줄 것이다.

숨질 것 같다가도 다시 호흡이 정상으로 돌아오고, 다급한 때를
넘기면 편안한 잠에 빠진다. 사람은 운명할 때에 지나간 삶을 파노
라마로 회상한다는데, 다나도 그러고 있는 것일까. 살아 있을 때
좋은 추억거리를 만들어주어야 임종 때에 좋은 환상 속에서 떠날
것이다. 무엇이 보이느냐, 꽁지와 함께 즐겁게 뛰노는 장면이면 좋
겠구나.

내가 여행으로 며칠 집을 비우면 다나는 번번이 위출혈을 했다.
신경성 위염이라는데 무슨 스트레스를 그토록 받았는지 몰랐다.

어느 날 여행 날짜와 동물병원 진료기록 날짜가 일치한 것을 발견했다. 밤이 되어도 귀가하지 않는 나를 염려하여 얼마나 애타게 기다렸기에 위출혈까지 했을까. 커다란 가방을 들고 나가면 여러 날 자고 온다는 것을 알게 하는 훈련을 시켰다. 이후에는 위출혈 증상이 치료되었다. 이렇게 나를 걱정하더니 지금은 어떻게 멀리멀리 떠날 수 있는지.

저녁 9시 25분만 되면 책상 앞에 앉아 있는 나를 재촉하느라 곁에 와서 짖어댄다. "왜 그래?" 물으면 뒤를 돌아보며 안방으로 데려가 이불 장롱을 향해 짖었었지. 잠자리를 펴고 그만 자라고 하는 모습에서 나의 어머니가 그만 자라고 야단치시는 모습을 회상했다.

고통 없이 떠나거라. 뒤를 돌아보지 말고 좋은 곳을 찾아 떠나거라. 사그라지고 있는 너의 숨결이 내 마음을 안타깝게 하지만, 꼭 가야 할 길이라면 이곳보다 더 좋은 곳으로 가거라.

네가 떠나도 우리는 너를 사랑한다, 안녕.

안녕, 꽁지야

꽁지가 세상을 떠났다. 나이에 비해 건강하고 감정 표현도 활발한 사랑스러운 개였다. 푸들 꽁지가 갑자기 토하기 시작하더니 점점 기력을 잃고 일주일간 심한 고통을 받다가 세상을 떠났다.

우리 집의 꽁지와 다나는 우리 부부가 정을 붙인 애견이다. 나는 주치의가 없지만 꽁지와 다나는 주치의가 있을 정도로 그들에게 정성을 쏟았다. 아예 강아지 때부터 정해놓고 다니는 병원이 있다. 파주로 이사 온 후 정체되는 길이라도 불원천리(不遠千里) 멀다 않고 서울 강남까지 갔다. 그동안 다녀본 어느 병원보다도 믿을 만해서 시간과 거리에 개의치 않았다.

그날도 토하는 꽁지를 안고 단골로 다니는 동물병원에 가서 진찰을 받았다. "위가 부어 있어서 소화가 전혀 안 되니 미음만 한 숟가락씩 두 시간 간격으로 먹이라"는 지시에 따라 모든 일정을 취소하고 꽁지 곁을 지켰다. 절망적인가 싶어 포기하다가도 눈빛만 반짝여도 '이제는 회복하려나?' 하며 기대를 걸었다.

치료 포기 여부의 판단은 사람이나 짐승이나 참으로 어려운 일이다. 치료를 어느 시점에서 포기해야 하는지 가늠하기는 참으로 난감한 일이었다. 어떻게 하든지 살려보겠다는 의지와 가망이 있을 것이라는 잘못된 판단으로 고생을 연장시키는 안타까운 일들이 있다. 꽁지를 그만 안락사(安樂死)시키라는 제삼자의 의견도 있었으나 우리 부부는 그럴 수가 없었다. 끝까지 붙잡고 있다가 급한 마음에 찾아갔던 우리 동네 수의사로 인해 큰 고생을 겪게 한 것을 생각하면 가슴이 미어진다.

사람도 제각기 성격이 다르듯이 꽁지와 다나도 판이하게 달랐다. 요크셔테리어 종인 다나는 양보가 없으며 의심이 많고 화를 잘 낸다. 꽁지는 푸들 종인데 마음이 곱고 늘 양보하고 이틀간을 참더라도 집 안에서는 절대로 실례(대소변)를 안 하는 영리한 성격이었다. 사진을 찍으려고 카메라를 들면 앞발을 모으고 얌전히 앉아 있는 조신한 모습은 정말 예뻤다.

강아지였을 때 다나와 꽁지와 함께 산책을 나가면 큰 개를 만나는 경우가 있다. 꽁지가 평소에는 얌전한 성격인데 총알같이 빠른 속도로 달려가며 짖고 덤빈다. 큰 개 쪽에서 오히려 꼬리를 내리고 도망친다. 이렇게 용감하고 민첩하더니 저세상에 가서 지금은 어떤 모습으로 있을까?

개도 섬세하게 감정 표현을 한다. 누워 앓고 있는 개를 우리 부부가 엎드려 들여다보며 어서 기운을 내라고 간절하게 말을 걸면 눈물이 눈가에 맺혀 고이고 흘러내린다. 아무리 보아도 먼저 저세상으로 가게 되어 미안하다는 슬픈 표정이었다.

아아, 꽁지야. 어쩌면 좋으냐. 내가 너에게 너무 큰 죄를 졌다. 다리에 힘이 없어 일어서지 못하는 몸으로 장롱에 기대어 버티면서 겨우 걸음을 옮겨 창가 쪽으로 가서 엎드려 있었던 것을, 배를 따뜻하게 해주라는 의사의 말만 생각하고 다시 너의 자리인 방석 위로 옮기는 바보짓을 했구나. 너무너무 미안하고 후회된다. 있는 힘을 다해 3미터가량을 갔건만 바보 같은 내가 너를 위하는 짓인 줄 알고 제자리로 데려다 놨으니 너의 심정이 오죽이나 야속했으랴……. 용서를 바라지는 않는다. 너의 영혼에게라도 사과하는 것이니 받아다오.

어떻게든지 회복시켜서 3개월이라도 더 함께 살아보려고 네가 일주일간 앓는 동안 네 차례나 병원에 갔었지. 나는 이번에 알게 되었다. 왜 사람들이 회복할 가망이 없는 환자를 데리고 더 고생을 시키며 치료를 계속하는지를……. 눈빛에 조금만 더 생기가 있어도 한 가닥 희망을 안게 되어 이성을 잃고 판단이 흐려졌다.

마지막 네가 가던 날, 처져 있던 고개를 들고 우리를 쳐다보았지. '배 아픈 것이 다 나았나보다'라는 생각에 기뻐서 기운만 차려주면 되겠지 싶었다. 입원을 시켜보려고 단골병원을 가기 위해 출발했지. 강변도로의 정체가 너무 심해 주차장처럼 서 있을 때 동네

병원의 수의사가 전화를 걸어왔다. "링거 주사만 맞추면 23세까지 살 수 있는데 왜 치료를 소홀하게 하느냐"고 말하더구나. 그 꼬임에 빠진 내가 어리석고 미안하다.

위염으로 링거 주사만 맞기로 했는데, 열도 없는 너를 갑자기 급성자궁내막염이라며 분초를 다투어 응급으로 개복수술을 해야 한다는 말을 믿고 결국 수술시키고, 두 시간 후에 너는 세상을 떠났다. 물욕에 양심을 내던진 수의사의 횡포에 개복당하고 죽은 네가 불쌍하고 원통하다. 수술 후에 압박붕대로 배를 총총 감아놨으니 상처가 얼마나 아팠으랴. 그래놓고도 수의사는 "이제는 살아났습니다"라며 수술비를 요구하더구나. 다른 수의사로부터 정중하게 사과는 받았지만 너를 고생시킨 수의사가 몹시 야속하고 원망스럽다.

꽁지야, 이제는 편안하니? 아픔이 없는 세상에서 행복하게 지내거라.

꽁지야, 안녕!

경애하는 사부인께

사부인, 시내 곳곳에 노오란 개나리가 피었습니다. 푸른 잎이 없는 노란 개나리를 보니 마치 조화를 보는 것 같습니다. 오늘도 건강하시지요? 늘 저를 생각해주시는 사부인께 사죄의 말씀이 있어 오늘 펜을 들었습니다.

지난해 가을, 사부인의 제안으로 남한산성에 있는 식당에 다녀온 일이 있습니다. 규모가 매우 큰 만큼 식사 가격이 만만치 않았습니다. 사부인이 '정식'을 주문하는 것을 보고 나는 펄쩍 뛰며 말렸습니다. 동석했던 사부인의 친구도 미안해하며 내 의견에 동조하였습니다. 그래서 우리는 보통 가격의 식사를 하고 말았지요. 사부인은 아주 조금 드셨으나 우리는 염치도 없이 흡족하게 식사를 즐겼습니다.

그런데 이 일은 두고두고 저를 괴롭히는 일이 되고 말았습니다. 건강이 좋지 않아 식사를 잘 못하시는 사부인이 모처럼 생각나서

간 식당이었는데 우리가 엉뚱한 메뉴를 선택했다는 생각이 미치자 얼마나 미안한 생각이 들었던지요. 얼마나 서운하셨을까요. 비싼 가격이라는 이유만으로 드시고 싶은 것을 못 드시게 하고 엉뚱하게 닭 요리를 시킨 것 같아 계속 후회가 됩니다.

지난해 사부인은 입원과 퇴원을 몇 번이나 하셨지요. 거듭되는 병원 생활에 몸이 쇠약해졌을 것입니다. 저는 다시 사부인을 그곳 식당으로 초대하여 못 드셨던 정식을 주문했습니다. 정말 맛있게 드시는 사부인을 보니 가격을 따질 일이 아니었습니다. 얼마나 기쁘던지요. 저의 마음이 편하도록 기회를 주신 사부인께 감사드립니다.

벌써 팔십을 넘기신 사부인!

큰 전쟁을 두 번이나 겪었고, 객지에서 여의사 공부는 얼마나 힘드셨을까 생각해보았습니다. 그 와중에 잘 키운 따님이 우리 집 며느리가 되었지요. 나의 며느리는 견줄 데 없는 보물 같아 사부인께 항상 감사한 마음을 지니고 있습니다.

우리의 인연은 참으로 큰 것입니다. 아들과 딸을 서로 나눈 사돈의 관계가 어찌 쉽게 이어지는 인연일까요. 서로 뜻이 맞아 잘 살고 있는 아들과 며느리를 보면, 끼고 살아도 아까운 딸을 잘 키워 우리 집으로 보낸 사부인께 몇 번이라도 감사의 인사를 보냅니다.

비싼 정식보다 더 귀한 것일지라도 원하신다면 구해드릴 생각인데, 사부인은 드시면서도 비싼 음식 가격을 염려하셨지요. 사부인, 무엇이든 드시고 싶은 것이 있으면 전화하세요. 서로 맛있는 것 먹으러 다니고 좋은 것 구경하고 지금처럼 함께 목욕도 다니며 허물없이 지내는 사이를 이어갑시다.

나의 아들이 아무리 능력 있고 노력해도 며느리가 복이 없으면 가정의 평화가 유지되지 않는다고 생각합니다. 가정은 두 사람이 함께 이루어나가는 것이 아닐까요. 아들과 며느리가 잘 살지 않는다면 우리는 껄끄러운 사이가 될 것입니다. 아들과 며느리 덕에 서로 이런 여유를 부릴 수 있는 것이라 생각합니다. 그리고 보면 사돈과 저는 복이 많은 게지요.

사부인, 지난 번 만남에서 제가 말씀 드렸지요.

　제가 사부인께 대접하는 것은 제가 하는 것이 아니라 사부인의 따님과 사위가 대접을 하는 것이니 마음 편히 드시라구요. 멋진 말 이라고 생각하지 않으십니까? 사돈과 뒷간은 멀어야 한다는 속담 을 생각하며 쓸데없이 '파워게임' 하는 사돈들이 있는데, 저희처럼 사돈 간에 정답게 지내는 것이 자식들이 화목하게 지내도록 돕는 길이라 생각합니다. 저는 아들이 행복하려면 먼저 며느리가 행복 해야 한다는 지론을 가지고 있습니다.

　지난번 사부인과 함께한 일본 여행도 정말 즐거운 추억으로 남 습니다. 손자를 거느리고 두 할머니가 함께한 외국 여행이 우리에 게도 기쁨이지만 아들과 며느리, 손자에겐 얼마나 큰 행복일까요. 우리가 건강하게 잘 놀고 있어야 아이들이 마음 놓고 제 할 일을 할 수 있지요. 아무쪼록 건강하십시다. 몸 관리 잘 해서 또 함께 여행할 수 있는 날을 기대해 봅시다.

오늘도 해가 저물고 있습니다. 나이가 들어가니 하루하루 무사히 보낸 것이 감사합니다. 사부인의 건강이 걱정되지만 개나리가 무성하게 잎을 달 무렵이면 벚꽃이 만개하고 진달래가 필 것입니다. 찬바람이 잦아들고 봄의 꽃이 만발하면 우리 또 남한산성의 음식점에서 맛있는 점심 드십시다. 물론 그때의 친구 분도 함께 가야지요.

그럼 사부인, 하루하루가 즐거운 날이 되셨으면 합니다. 건강히 잘 지내십시오.

항상 사부인을 걱정하는 김영순 올림

감투

　내 머리에는 남들이 밀어내는 감투가 몇 개 올려져 있다. 힘들게 얻은 것도 아니고, 모두 외면하는 것을 손들어 쓴 감투이니 자랑스럽지도 명예로운 것도 아님을 미리 고백한다.

　나는 매주 목요일, 문화센터에서 수필 강좌를 수강한다. 개설 초기에는 반장이 없어도 불편함이 없었다. 회원 수가 점차 늘어나니 연락할 일도 많아지고 조직적인 틀이 필요해졌다. 회원 중 한 사람을 반장으로 뽑자는 제안이 나왔다. 그러나 막상 반장 추천을 하려니 자원자는커녕 모두 눈이 마주칠까 봐 시선을 돌려 외면한다. 아마도 시간을 쪼개 공부하러 오는 것만도 벅찬 일인 것 같았다.

　상황이 이렇고 보니 누군가가 멍에를 져야 했다. 어쩔 수 없이 내가 손을 들었다. 반장 일은 하되 회장 직함이라면 맡겠다고 부언(附言)했다. 옷도 격이 있는데 70세가 넘어 쓰는 감투가 고작 반장이어서야 우습지 않은가. 좌중은 안도의 숨과 함께 내 마음 변하기 전에 서둘러 박수를 보내며 나의 머리에 '목우수필문학회 회장' 감투를 씌웠다.

또 하나의 감투도 남들이 쓰지 않으려 외면하는 분위기에서 자의 반, 타의 반으로 썼다. 여학교 동창생 선후배 모임이 40여 년간이나 이어져 오는데, 회장직을 회기 별로 2년씩 맡아야 한다. 우리 회기 차례가 된 해, 동기생들이 모두 전전긍긍 외면한다. 결국 나의 머리에 서울사대부중 동창회 지회 '한결모임 회장' 감투가 씌워졌다. 감투를 씌워 놓고 2년 지나 종신 감투라고 전 회원이 외쳐대니 생전에 벗어놓기는 아마도 어려울 것 같다.

사람에게는 자기에게 맞는 그릇이 있다. 감투를 쓴다는 것은 내가 다른 사람들에게 조금이나마 봉사하겠다는 역할을 의미하는 것이다. 머리에 쓴 감투가 너무 크면 흘러내려 불편할 것이고, 작으면 쉽게 벗겨져 쓸 수가 없다. 나의 감투는 모두 머리 둘레는 생각지 않고 손들어 쓴 감투이니 부끄러울 것 같지만, 나 자신은 그렇지 않다. 무슨 큰일을 하는 것은 아니지만 그래도 회장은 회장이 아닌가.

최근에 나는 감투 하나를 더 썼다. 공부를 마친 뒤 화제가 된 영화를 관람 후 차를 마시는 중에 기꺼이 쓰게 된 감투이다. 이름 하여 '모놀회 회장'이다. '모놀회'란 '모여서 놀자 모임'의 줄임말이다. 그 자리에는 세 사람뿐이었으므로 유감스럽게도 회원 수는 회장인 본인 한 명과 회원 두 명뿐이다.

나의 역량이 과연 회장직을 맡을 만한지 의문이 가기도 하지만,

'모놀회' 회장 자리만큼은 내 스스로 자격이 있다고 확신한다. 객관적인 이유를 들자면 신년 가족모임 자리에서 남편이 건배사로 "건강하게 맛있는 것 많이 먹고 다녀요!"라고 당부했다. 그뿐만이 아니다. 캐나다에서 며칠간 다니러 온 막내딸의 작별 인사가 "엄마, 건강하게, 재미있게, 신나게 노세요!"였기 때문이다.

모여서 놀자 모임인 '모놀회'의 회원이 고작 두 명뿐이니 회장의 체면이 안 선다. 회원 수 늘리기 방편으로 우선 나의 사부인들을 영입해야겠다. 팔십을 넘긴 두 분과 함께 좋은 곳을 찾아, 건강도 챙기고 추억도 만들며 모여서 놀면 얼마나 좋겠는가. 사부인의 행복지수를 높여야 나의 며느리가 더욱 행복해질 것이라고 생각하기 때문이다.

제4부

옥불탁(玉不琢)이면
불성기(不成器)라

'무엇이든 할 수 있는 때 해야지, 할 수 없을 때는 후회만이 남는다' 는
말을 반추하며, 오늘도 내일도 나의 인생을 끊임없이 연출해 나가야겠다.

옥불탁(玉不琢)이면 불성기(不成器)라

댄스스포츠를 시작했다. 걷는 시간이 부족한 편인 나는 무슨 운동이든지 해야겠다고 벼르다가 이 운동을 선택했다. 강습실에 들어서니 회원들은 전부 여성이다. 모두 강사 쪽을 향하여 싱글로 춤을 추고 있었다.

나는 길눈이 어둡고 방향 감각이 둔한 사람이라 뒤처진 진도를 따라잡으려면 피나는 노력이 있어야 한다. 인터넷을 뒤져 자이브 스텝의 순서와 모양을 해설해놓은 그림을 찾아내 확대 인쇄하여 방바닥에 붙여놓고 연습했다. 또 시판되고 있는 댄스 비디오도 참고하였다. 수단과 방법을 가리지 않고 모두 동원하려고 머리를 짜내었다.

타자를 1분에 700타를 치는 초등학생의 손을 본 적이 있다. 소나기 퍼붓는 소리를 내며 치는데, 글도 정확하였다. 노력의 결과이리라. 악기를 연주하는 예술가도 역시 갈고 닦는 피나는 반복 훈련이 있었기에 지니고 있는 재능을 빛낼 수 있으리라.

'옥불탁(玉不琢)이면 불성기(不成器)하고…….'

갈고 닦아야 이룰 수 있다는 뜻을 되새김하였다.

강아지 실눈 뜨듯 동작을 어렴풋하게나마 익히게 되니, 연습에
도 진도가 붙는다. 운동을 시작하고 십 분쯤 경과하면 아랫목 더워
오듯이 훈김이 온몸을 달구고, 마침내 흠뻑 땀에 젖으면서 몸이 가
벼워지고 상쾌하기까지 하다.

선생님은 음악 속에 들어가 리듬을 타라고 하지만 '원 투 쓰리
아포'의 구령을 속으로 외우며 따라하기 급급한 나에게 어찌 음악
과 더불어 즐길 여유가 있으랴. 그래도 노력은 허사가 아니었다.
어느 날 나도 몸의 중심이 다리 한쪽만으로도 지탱되며, 몸짓이 제
법 마음에 들게 리듬을 타면서 골반도 적절히 움직인다는 것에 놀
랐다. 외국어 공부의 듣기나 말하기 연습이 훈련을 거듭하는 중에
어느 날 귀가 뚫리고 입이 열리는 것처럼, 춤도 반복 훈련하고 있
노라면 어느 날 갑자기 몸에 터득이 되는 듯싶었다.

신이 나서 돌다 보면 어느새 두 시간이 짧은 듯 지나간다. 체중
은 별로 줄지 않았지만 두 다리에 실린 몸무게는 가벼운 듯이 느껴
졌다. 거리에서 경쾌한 음악이 흐르고 있으면 몸이 알아듣고 신체
의 어느 한 부분이 리듬에 따라 반응을 보인다. 이곳저곳에서 친구
들이 골절(骨折)로 고생한다는 소식을 보내온다. 나도 얼마 전에 발
목을 다쳤다. 부상이 이만큼으로 그친 것은 자이브를 통하여 유연
성 운동을 하고 있었기 때문이리라.

우리도 무대에 올라가는 날이 다가왔다. 실버(Silver) 팀의 아홉 명이 분홍빛의 반짝이는 무용복을 입고 관중 앞에서 자이브를 추었다. 십여 개의 출연 종목 중에서 젊은이들을 제치고 열렬한 앙코르 요청까지 받아, 우리 자신도 모두 놀랐고 기뻤다.

비록 십 분간의 공연이었지만 무대에서의 감격은 연습 과정의 어려웠던 일들조차 잊게 했다. 그때의 흐뭇한 추억은 출연자의 가슴속에 오래도록 남을 것이다.

'무엇이든 할 수 있는 때 해야지, 할 수 없을 때는 후회만이 남는다' 는 말을 반추하며, 오늘도 내일도 나의 인생을 끊임없이 연출해 나가야겠다.

2001년 문화교실 발표회

2009년 수필의 날 공연 기념(77세)

입력과 출력

입력된 것이 없으면 출력할 것도 없다.

은행 거래에서도 입금을 해야 잔고가 생기고 출금이 가능하다. 지식 생활도 마찬가지일 것이다. 독서나 학습, 또는 경륜을 쌓지 않으면 지식과 정신세계의 빈곤상태 속에서 살아야 한다. 겉치장으로 가식할 수 없는 것이 내면의 충실함과 아름다움이다.

인간관계도 같은 이치라고 생각한다. 나를 낮추어 상대를 배려하고 정(情)을 주며 비이기적인 마음으로 사람을 대한다면 그 관계에서는 아름다운 마음이 입력되고 상대의 마음에는 고마움이 입력될 것이다. 준 것도 없으면서 받기를 기대할 수는 없다.

자판으로 입력한 것이 출력되어 인쇄면으로 나타나는 것과 같이 인체에서의 출력은 언어, 표정, 몸짓 등으로 표출되는데, 어떤 방법이든지간에 입력된 것이 출력된다. 하루하루를 맞이하고 보내면서 무엇을 입력하고 무엇을 어떻게 출력할 것인가. 어디에서 무엇을 하든 보다 나은 인생을 살기 위해서는 입력되는 것의 질을 높이고, 거기에 부가가치를 더하여 출력시키며 발전해가야겠다. 매일이 나의 걸작으로 이루어지려면 입력도 중요하고 출력도 중요하다.

독서가 소양을 높이는 데 큰 몫을 하지만 책도 가려서 읽어야 하듯이, 일상의 대인관계에서도 선별하며 관계를 맺는 것이 좋겠다. 작은 예이지만 나는 시간 약속을 지키지 않는 습관이 있는 사람과는 거리를 둔다. 불쾌감을 입력시키는 사람을 가까이 하면 그 불쾌한 감정 때문에 나쁜 표정과 에너지 낭비라는 결과로 출력된다. 만나면 유쾌해지는 사람을 가까이하여 긍정적인 입력이 쌓아지도록 노력하고, 나 스스로도 밝은 빛을 보내는 사람이 되도록 삶을 가꾸려 한다.

하루에도 수없이 많은 대화를 나누며 산다. 바라건대, 내가 하고자 하는 말은 출력되기 전에 마음속에서 고운 체로 걸러진 후에 표현되어, 말한 것에 대한 후회가 남지 않는 언어생활을 이어가고 싶다. 표정도 밝게 유지할 수 있도록 마음을 조율하고 평형을 지켜가야 할 것이다.

지혜로운 사람, 마음이 아름다운 사람, 정신세계의 차원이 고매한 사람들의 생각에 다가가기 위하여 독서를 하며 좋은 음악을 듣는 등, 내공 쌓기로 충실함을 입력하여야 좋은 출력을 기대할 수 있다고 생각한다.

보다 나은 내일을 영위하기 위한 노력의 과정으로 마음속에 각인하고 실천에 옮기기를 다짐한다.

한국현대문학관 탐방기

서울시 중구 장충단공원 근처에 있는 한국현대문학관을 찾았다. 태극당 옆길로 언덕을 잠시 오르면 일층으로 된 문학관 건물이 포근하게 앉아 있다. 국제펜클럽 한국본부 회장을 역임하고, 현재 국제펜클럽 런던본부 종신 부회장이며 계원예술대학 설립자이신 전숙희 선생이 세운 문학관이다.

전숙희 선생의 일기체 자서전 『가족과 문우들 속에서 나의 삶은 따뜻했네』를 읽다 보면 곳곳에서 문학관 설립의 열망을 볼 수 있다. 그중 1993년 5월 3일자 일기에 다음과 같은 염원이 들어 있다.

"묵은 원고를 고르다 정비석 선생의 친필 원고도 나와 감개무량했다. 며칠 전 작고한 천상병의 시 원고도 나왔다. 문학을 한다는 일, 사랑한다는 일은 참으로 보람 있는 기쁨이다. 나의 마지막 꿈, 문학관의 뜻을 꼭 이루고야 말리라."

166

이런 염원과 의지가 원동력이 되어 전숙희 선생은 1997년에 드디어 문학관을 설립했다.

문학관에 들어서면 좌측으로 시인관이 있다. 한용운, 윤동주 등 한국 현대시사(現代詩史)에 중요한 위치를 차지하고 있는 시인들의 시집과 사진 자료가 전시되어 있다.

죄수복을 입고 찍은 한용운의 사진 밑에 '한용운은 1919년 만세운동에 주도적 역할로 체포되어, 3년간 복역 당시, 이유의 답변으로 조선 독립의 서(書)를 제출했음' 이라는 문구가 쓰여 있다. 시인 한용운의 굴하지 않는 민족혼에 가슴이 뭉클하다. 문인임에도 독립투사로서의 기백이 전선의 무사를 능가한다는 역사적 기록물이다.

「청포도」의 작가 이육사 시인은 이원록이라는 본명 대신 형무소에서 주어진 수인번호 264를 이름으로 평생 사용했다고 한다. 얼마나 당당한 나라 사랑의 모습인가. 당시의 소설가, 시인, 수필가들이 시대의 거센 물결에 저항하며 큰 고초를 겪었다. 일제의 끈질긴 회유, 물질적 유혹, 칼날을 앞세운 협박을 이겨내야 했다. 우파가 조직된 후에 찍었다는 기념사진에서, 해방 후 좌익과 우익의 이념 분열과, 납북과 월북의 소용돌이 시대상을 볼 수 있다. 이북에서 발간된 서적들이 여러 점 있는 것은 민족통일을 위한 전초로 문화통일을 희망하고 있다는 것을 시사하는 것이 아닐까.

중앙에 있는 유리 전시장 속에 문인들의 육필 원고와 서간문이 진열되어 있다. 정이 깊은 문인들 간의 교류를 보면서 오늘날 문인들도 더욱 훈훈한 관계를 유지하도록 본받았으면 한다.

활자로 보는 것과는 달리 육필을 들여다보니 작가의 숨결이 들리는 듯하다. '작가는 자기도취적 저작 상념에 빠져 악필이 될 수밖에 없다'라는 나의 생각이 잘못인 것 같다. 달필로 멋지게 써내려간 글씨가 누렇게 바랜 원고지에서 빛난다. 글만 잘 쓴 것이 아니라 어쩌면 저렇게 필체도 좋을까. 한 글자 한 글자 정성을 다해 쓴 육필 원고도 있다.

안쪽으로 들어가면 1950년대 문인 연극 후에 찍은 기념사진이 있다. 연극인 '박 진' 씨의 모습도 보인다. 아마도 연출을 맡아 도와주지 않았을까. 문인들이 연극을 했다는 사실이 경탄스럽다. 다른 사진에서는 문인들과 정답게 서 있는 건축가 김중업 씨의 얼굴도 보인다. 문인들의 다양한 정서와 교우관계가 부럽다. 참으로 멋진 분들이다.

이밖에도 「조선문단」 창간호와 우리나라 최초의 시집 김억의 『오뇌의 무도』(1923) 등 귀한 자료들을 대할 수 있다. 지금은 '바이런'이라고 표기하지만, 당시의 표기법인지 『빠이론 시집』도 진열되어 있다. 젊은이들이 한 번쯤은 애독하였던 심훈의 『상록수』, 김형석의 『영원과 사랑의 대화』 등의 책자를 보니 감회가 새롭다.

문예지 초판본과 대표시집 초판본만 해도 520여 권이 소장되어 있다고 하니 얼마나 수집에 애를 썼을까. 개인으로서 문인 한 사람의 문학관이 아닌, 한국현대문학관을 세운 설립자의 사명감과 웅

대한 업적에 찬사와 경의를 보낸다.

평론집, 희곡집, 번역서, 문예지, 방각본, 딱지본 등이 진열된 곳에서 1926년에 출판된 『옥루몽』을 대하니 반가움과 놀라움으로 숨이 멎는다. 나의 부친은 1934년, 30대 초반에 작고하셨는데, 병상에서 『옥루몽』이라는 책을 항상 가까이하셨다는 말을 들었다. 비슷한 시기이니, 1926년에 함께 출간된 책이리라. 20년 가까이 우리 집에 보존되어 오던 것을 6·25때 분실하고 말았다. 오늘 『옥루몽』과의 조우는 아버지의 유품과 해후하는 것 같은 전율을 느끼게 한다.

인생은 유한하지만 명작으로 남긴 글의 생명은 영원하다는 진실을 보고, 느낀다. 길이 없는 곳에 길을 내고 포장을 하려면 얼마나 많은 고초를 겪었겠는가. 나는 지금 포장된 도로 위를 편안하게 달리듯이 한국 현대문학 100년사를 보고 있다. 한국 현대문학사의 귀중한 자료들이 체계 있게 소장되어 있는 최초의 사설 문학관, 한국현대문학관에서 마음이 세월에 실려 떠나간 문인들의 숨결을 느끼고 발자취를 접한다.

자동차경주에 출전하다

1996년, 남편이 신문기사를 건네며 자동차경주 출전을 권유했다. 용인 스피드웨이에서 짐카나 대회, 또는 슬라럼 대회라고 하는 자동차 장애물경주가 열린다는 신문기사였다. 내가 회갑을 몇 해 넘긴 64세 때였다.

짐카나 자동차경주는 1920년대 인도의 짐카나(gymkhana) 지방에서 처음 열렸다. 당시 인도를 통치하던 영국이 경찰관의 운전기술 향상을 목적으로 시작한 경기이다. 가로·세로 각 50미터의 공터에 플라스틱으로 된 원뿔 모양의 파일런(공사장에서 흔히 볼 수 있는 빨간 뿔 모양의 도구) 20~30개를 세워놓고 쓰러뜨리지 않고 지그재그로 통과해야 한다. 전속력으로 달리다가 순식간에 180도 회전, S자로 달리다가 90도 회전 등의 운전 기량이 정확해야 하며, 정해진 코스를 이탈하지 않고 빠른 기록을 내야 하는 경기이다. 자동차

엔진에서는 굉음이 나고, 회전할 때 속력을 조절하기 위해 급브레이크를 밟으면 지면과 타이어의 마찰음과 함께 바퀴에서 흰 연기가 펑펑 치솟는다.

　1973년도에 운전하기 시작했지만 가정주부의 실력이니 처음에는 나도 출전을 망설였다. 때마침 텔레비전에서 우연히 본 외국영화의 한 장면이 나를 매료시켰다. 자동차경주에서 입상한 할아버지가 시상식 단상에 올라 백발을 휘날리는 장면이었다. 영화의 한 장면이었지만 그 모습을 보는 나의 온몸에 용기와 열정이 솟아올랐다. 남편은 내 나이를 잊었는지 거듭 권유한다.

　경기 당일 아침, 남편과 함께 용인으로 일찍 출발하였다. 벌써 경기장의 분위기는 참가자와 출전자로 활기가 넘쳐 있었다. 출발지점에서 10미터 지점에 S자로 파일런이 여러 개 세워져 있었다. 지그재그로 달리면서 파일런을 스쳐 지나가야 하는 구간이다. 출발 신호와 함께 달려 나갔다. 오른쪽, 왼쪽으로 자동차의 궁둥이를 실룩거리며 파일런을 피했다. 차의 몸체와 파일런이 닿을 듯 말 듯 아슬아슬하게 스쳤다.
　이미 나의 몸과 차는 하나가 된 느낌이었다. 원뿔과 가장 가까이 돌아야 시간이 단축되고 다음 파일런을 끼고 회전할 수 있기 때문이다. 짧은 간격의 S자를 돌고 나면 바로 90도 회전이 있다. 가장 가까이 가며 파일런을 쓰러뜨리지 말아야 했다. 차선이 그려져 있는 것도 아니니 코스를 놓쳐서도 안 된다. 전력 질주하다가 우선멈춤 지점에서는 한 번 급정거하고, 다시 출발해 결승점에 오면 커다란 전광판에 점수와 시간이 나온다.

참가자의 3분의 2가량이 파일런을 쓰러뜨리거나 코스 이탈로 중도 탈락, 퇴장되었다. 내가 골인했을 때 경기장에 퍼진 환호성과 차를 따라 뛰어 쫓아오던 TV 방송국 취재진의 모습을 기억하는 것은 나를 젊게 하는 활력소가 아닐까.

그 이후에도 경기가 있을 때면 행사 주최 측의 참가 요청이 있었으나 한 번의 체험으로 끝내려 생각했다. 1999년도 67세 때, 끈질기게 출전 권유의 전화를 거는 대학신문사 기자의 직업의식과 집념에 감동하여 한 번 더 출전했다. '제3회 한국통신배 대학생 슬라럼 자동차경주대회'였다. 여성부에서 가장 빠른 기록으로 골인하였으나 감점 1점이 있어 3위로 입상했다.

최고령의 여성 출전자인 나는 갑자기 유명해졌는지 방송국 출연과 신문사의 인터뷰 요청을 여러 차례 받았으나 사양하였다. 그러나 모두 거절할 수는 없었다. TV 방송에서 20분간 단독으로 방영되기도 했고, 뽀빠이 이상용 씨가 진행한 방송에 출연도 하였다. 일본 동경신문사 서울지사 기자와의 인터뷰 등은 모두 잊을 수 없는 추억이다.

동경신문 1999년 6월 10일자 기사

EBS 교육방송국 스튜디오에서 유리벽으로 된 녹음실의 마이크 앞에 앉아 창밖 제작진의 '큐' 신호를 받아 전국으로 라디오 방송을 한 체험도 나로서는 영화 장면으로 추억된다.

2010년 78세 때, 모 텔레비전 방송국 프로를 촬영하던 때의 운전 모습과 찬조 출연한 여고 동창생들과 함께했던 시간도 즐거운 이야깃거리이다.

MBC 〈TV특종 놀라운 세상〉 방영

MBC 뉴스 〈굿모닝 코리아〉 방영   MBC 〈아름다운 인생〉 방영

자동차경주 출전은 자기 기량을 검증해보는 기회이기도 하지만, 전력 질주하는 스릴을 즐길 수도 있다. 할 수 있을 때에 때를 놓치지 않고 해본다는 것은 중요하다고 생각한다.

일본 류큐대학 스즈키(鈴木 信) 교수가 건강한 100세의 일본인들을 관찰하여 기록한 연구보고 서적 『100세의 과학』 내용 중, 100세의 할머니 두 분이 운전 생활을 하고 있다는 내용은 놀라운 일이다. 나이부터 따지지 말고, 할 수 있을 때에 보다 더 적극적인 취미 생활을 하는 것은 건강의 비결일 것이다.

도로에서 능숙한 운전으로 장애물을 피하며 운행하듯이, 삶에서 일어나는 갖가지 장애요인을 이쪽저쪽으로 피하여 병, 다툼, 후회할 일들을 멀리하며 살 수는 없을까.

지혜는 인생 여로의 운전 기량이며, 방관자에서 벗어난 적극적인 참여 의식과 열정은 삶의 원동력이라 생각한다. 건강하고 새로운 내일을 위해 오늘 속의 나를 알차게 연출하자.

스피드에는 정년이 없다

〈국민체육진흥공단 사보〉 1999년 6월호 26쪽

가능한 한 빠르게! 그러나 지정된 코스를 이탈해선 안 된다. 적절한 운전 테크닉으로 장애물을 피해 달려야 하는 숨 막히는 경주, 카레이싱. 이탈도 안일함도 허용되지 않는, 극도의 균형감각이 필요한 그곳에서, 김영순 할머니는 신지식인의 신념을 보여줬다. 여자 최고 기록과 최연장자라는 화려한 스포트라이트와 함께.

하늘을 진탕으로 흐트러뜨리면서 비가 내린다. 모녀처럼 마주 앉아 바라보는 김영순 할머니는 너무나 젊고 당당해 보인다. 단아한 옷차림과 곱게 주름진 얼굴, 꼿꼿한 몸가짐…….

김영순 할머니의 인생에 과연 실패가 있었을까. 그늘 한 점 드리워지지 않은 그의 양지바른 삶 앞에서 슬픔, 절망, 고뇌 같은 병원균들은 모조리 살균되어 버릴 것만 같다.

김영순 할머니, 만 67세, 일본어 강사, 일반인들 대상의 제3회 한국통신배 대학생 슬라럼 자동차경주대회에서 여성부 3위를 차지한 장본인, 1996년, 처녀 출전한 제1회 유니텔컵 자동차경주대회에서 이미 6위 입상과 인기상을 받은 경력이 있다. 1973년 운전면허 취득 뒤 가족들의 운전수 역할을 했으니 핸들을 잡은 지도 벌써 20년이 넘었다.

좋은 운전 습관이 주는, 안전한 운전의 즐거움

"남편을 내가 모시고 다녀요. 차는 제 소유구요. 남편도 좋아해요. 운전하는 걸 별로 즐기는 편이 아니라서, 사랑하는 아내에게 일찌감치 핸들을 넘긴 거지요. 남편 보기엔 그래도 내가 운전을 잘한다고 여겨졌는지, 어느 날 자동차경주대회 신청서를 쑥 내밀더라구요. 이거 나가봐 하면서."

그렇게 연을 맺은 유니텔컵 자동차경주대회. 그로부터 3년이 지난 1999년, 이번에는 한국 대학신문사의 권유로 참가해 최고 기록을 장식하며 '할머니 카레이서'의 위력을 과시했다.

"저는 운전자의 쾌감이 스피드에 있다고 보지 않아요. 제한속도를 지키는 것이 안전하고 피곤하지 않아 마음의 부담이 없거든요. 좋아하는 음악 들으며 리드미컬하게 운전하는 것, 그게 운전의 매력이죠. 과속에 대한 욕구는 없어요. 제한속도와 도로 표지판에 관심을 기울이며 운전하는 게 좋은 운전 습관이다, 항상 이렇게 머릿

속에 잠재돼 있거든요."

　김영순 할머니는 카레이서이기 전에 모범 운전자였다. 카레이싱이 그에게 주는 묘미도 우리가 흔히 생각하는 무한질주에 있다기보다 완벽한 테크닉의 구사에 있는 듯했다. 난폭하게 차를 모는 도로의 무법자들은 그에게 어떤 상념일까.

　"그런 운전 습관이 언젠가는 반드시 피하지 못할 위험을 줄 거라는 생각을 해요. 지금 당장이야 스릴도 느끼고 즐겁겠지만…… 습관이 성격을 만들고, 성격은 운명을 만드는 게 아니겠어요?"

무슨 일이든지 우선 최선을 다해 도전하라

스피드에는 정년이 없다

고순덕 | 시보기자

　1993년 파주로 이사 간 후 그에겐 새로운 즐거움이 생겼다. 매년 벚꽃이 만개할 즈음, 서울 사는 친지들을 파주로 초대하는 일. 옛 선인들의 숨결이 서린 자운서원과 반구정에 햇빛을 적당히 머금은 꽃잎들이 팝콘처럼 터지기 시작하면, 그는 봄의 향연을 준비하느라 분주해진다.

　"올 적에는 덤덤하게 왔다가

갈 때는 흐뭇하게 돌아가는 모습이 너무 즐거워요."

  그에게 사소한 일이란 없다. 무슨 일을 하든지 완벽을 기하지 않으면 직성이 풀리지 않는다. 그리고 시대감각이 있다. 컬러필름이 처음 나왔을 때, 컴퓨터 통신이 유행할 때, 그것들을 재빨리 섭렵한다. 끊임없는 자기계발. 그의 건강미는 이런 긍정적이고 적극적인 삶의 방식에서 양분을 얻고 있었다. (고순덕 사보기자)

자동차경주에 나이 따지나요

〈일간스포츠〉 1996년 11월 18일자 기사

64살 김영순 할머니 6위 돌풍
제1회 유니텔컵 대회 페널티 없이 완주

60대 여성 자가운전자가 최근 정규 자동차경주를 페널티 없이 우수한 성적으로 완주하는 기록을 세워 신선한 파문을 일으키고 있다.

용인 에버랜드 스피드웨이에서 지난 3일 열렸던 제1회 유니텔컵 짐카나대회에서는 여성부에 출전한 할머니 운전자 김영순 씨(64 · 경기 파주시 아동동 · 사진)가 1차 예선과 2차 본선을 원숙한 운전 기량으로 주파해 6위에 올라 관전객들을 놀라게 했다. 국내 최대 규모로 펼쳐진 이번 대회는 90도, 180도, 오메가, 슬라럼코스 등을 망라한 국제수준 난이도로 설계돼 코스이탈 실격자가 과반수에 달

했다. 무엇보다도 국내 짐카나경기에서 환갑을 넘긴 출전자는 남녀를 통틀어 김씨가 최초. 총 207명이 참가한 이번 경기에서도 40대 이상 중장년층은 많지 않았으며, 특히 결선 진출 20여 명 여성 선수의 태반이 20~30대였다.

전문 레이서들에게도 충격적인 이번 김씨의 쾌거는 교통문화 이벤트인 짐카나경기의 인식을 높이고, 자가운전자 시대의 모범을 제시한 본보기로 평가된다.

김씨는 여성운전자가 극히 드물었던 지난 1973년 운전면허를 취득해 만 23년간 안전운전의 경험을 쌓았다. 평범한 주부로 1남 2녀를 출가시킨 이 베테랑 여성운전자는 평소 안전수칙을 성실하게 지켜왔다면서 "여성운전자를 보호하는 아량이 절실하다"고 당부한다. (박영호 기자)

고희 앞둔 할머니카레이서
자동차경주 출전 3위 입상
〈중앙일보〉 1999년 5월 15일자 기사

지난 15일 용인 에버랜드 스피드웨이 자동차경기장에서 열린 제
3회 한국통신배 대학생 슬라럼(장애물S자) 자동차경주대회 여성부
문에 올해 66세의 김영순 씨가 3위를 차지, 주위를 놀라게 했다.

430m의 장애물코스를 32초7에 주파한 金씨는 "기록은 최고였
으나 벌점을 받아 1등을 못했다"며 아쉬워했다.

金씨의 기록은 남성부 대학생의 평균기록과 비등한 수준. 1973
년 운전면허를 받은 지 26년간 꾸준히 운전을 해왔다는 金씨는
1996년 제1회 유니텔컵 자동차경주대회에 처녀 출전, 6위 입상과
인기상을 받은 관록파.

평소 쏘나타2 승용차를 몰고 다니는 金씨는 두 번째 출전인 이번
대회에 다른 사람이 쓰던 아반떼 오토매틱을 빌려 출전했는데 스

틱을 갖고 나갔으면 더 좋은 기록을 냈을 것이라고 기염.

자동차경주에 관심을 두게 된 이유는 "외국영화에서 자동차경주를 마친 (노인) 선수가 헬멧을 벗을 때 흩날리는 백발이 그렇게 멋있을 수가 없었다"는 말로 대신했다.

1남 2녀를 모두 출가시켜 6명의 손자손녀를 둔 金씨는 경기도 파주시에서 남편 고낙용(69) 씨와 오붓하게 제2의 인생을 꾸려가고 있다.

특히 낮에는 일본어 학원강사로, 밤에는 손수 옷 만들기와 PC통신을 즐기는 '신세대 할머니'이기도 하다.

"아이들을 모두 대학에 보내고 나서 이제부터는 내가 제일 좋아하고 잘하는 일을 시작할 때라고 생각했습니다. 사소한 일이라도 최선을 다한다는 게 제 삶의 신조이지요."

남편과 치의학박사인 아들 고범연(38) 씨의 '외조' 때문이라고 꼭 밝혀달라는 金씨는 연습 한번 제대로 못하고 나간 이번 대회에서 얻은 것은 무엇보다 자신감이라고.

"일본에서는 이런 장애물 자동차경주가 인기 레포츠로 자리 잡은 지 오랩니다. 기회가 된다면 국제대회에 출전해 한국 노인의 '노익장'을 과시하고 싶어요." (정형모 기자)

고희 앞둔 할머니카레이서 자동차경주
출전 3위입상

지난 15일 용인 에버랜드 스피드웨이 자동차경기장에서 열린 제3회 한국통신배 대학생 슬라럼 (장애물 S자) 자동차경주대회 여성부문에 올해 66세의 김영순씨가 3위를 차지, 주위를 놀라게 했다.

4백30m의 장애물코스를 32초7에 주파한 金씨는 "기록은 최고였으나 벌점을 받아 1등을 못했다" 며 아쉬워했다.

金씨의 기록은 남성부 대학생의 평균기록과 비등한 수준. 73년 운전면허를 받은지 26년간 꾸준히 운전을 해왔다는 金씨는 96년 제1회 유니텔배 자동차경주대회에 처녀 출전, 6위 입상과 인기상을 받은 관록파.

평소 쏘나타2 승용차를 몰고 다니는 金씨는 두번째 출전인 이번 대회에 다른 사람이 쓰던 아반떼 오토매틱을 빌려 출전했는데 스틱을 갖고 나갔으면 더 좋은 기록을 냈을 것이라고 기염.

자동차 경주에 관심을 두게 된 이유는 "외국영화에서 자동차경주를 마친 (노인) 선수가 헬멧을 벗을 때 흩날리는 백발이 그렇게 멋있을 수가 없었다" 는 말로 대신했다.

1남2녀를 모두 출가시켜 6명의 손자손녀를 둔 金씨는 경기도 파주시에서 남편 고낙용 (69) 씨와 오붓하게 제2의 인생을 꾸려가고 있다.

특히 낮에는 일본어 학원강사로, 밤에는 손수 옷만들기와 PC통신을 즐기는 '신세대 할머니' 이기도 하다.

"아이들을 모두 대학에 보내고 나서 이제부터는 내가 제일 좋아하고 잘 하는 일을 시작할 때라고 생각했습니다.사소한 일이라도 최선을 다한다는 게 제 삶의 신조이지요.'

남편과 치의학박사인 아들 고범연 (38) 씨의 '외조' 때문이라고 꼭 밝혀달라는 金씨는 연습 한번 제대로 못하고 나간 이번 대회에서 얻은 것은 무엇보다 자신감이라고.

"일본에서는 이런 장애물 자동차경주가 인기레포츠로 자리잡은지 오랩니다. 기회가 된다면 국제대회에 출전해 한국 노인의 '노익장' 을 과시하고 싶어요. "

정형모 기자
〈hyung@joongang.co.kr〉

입력시간 1999년 05월 17일 20시 16분

오수(午睡)의 꿈

한여름, 더위를 식히며 지친 몸을 달래주는 오수(午睡)를 즐기듯, 한가로이 옆으로 누워 갖고 싶은 것들을 찾아본다. 소망한다고 모두 얻을 수 있는 것은 아니지만, 그래도 이것저것 몇 가지를 상상 속에 떠올리니, 나는 어느새 이미 가지고 있는 듯한 생각에 빠져 흐뭇한 즐거움을 만끽하고 있다.

가끔 공중에 날아다니는 꿈을 꾼다. 현실에서는 너나없이 시간과 약속에 쫓긴다. 약속 기피증까지 생길 정도로 정체된 도로 사정에 시달린다. 공중을 훨훨 날아다니고 싶은 심정은 도시인들의 공통된 열망일 것이다. 나는 친구가 많은 편이다. 그중에 동창생들은 70대들이라 자동차 운전을 하는 친구는 몇 사람 안 된다. 주말이나 시간이 있을 때마다 명소나 분위기 좋은 찻집을 자주 찾아가는데,

내가 운전하는 차는 너덧 명의 인원만이 탈 수 있는 것이 아쉽다. 인원이 넘으면 누구를 떼어놓고 간단 말인가?

이러한 불만이 쌓였는지, 갖고 싶은 것의 하나로 동화 속에 나오는 요정 팅커벨의 금가루를 꼽게 된다. 피터팬도 아니니 팅커벨이 날 위해 가루를 나누어줄 리는 만무하지만, 나는 어느덧 금빛가루를 몸에 뿌리고 공중으로 날고 있는 환상에 빠진다. 차가 좁아서 함께 타지 못했던 정다운 사람들도 금가루를 모두 함께 뿌려 푸른 하늘에 날아오른다. '피터팬' 영화의 마지막 장면처럼 휘영청 달밤에 별과 달을 배경으로, 한 줄로 열을 지어 날아다니기도 한다. 그 모습을 머릿속에 그리는 나는 환상인지 현실인지 구별을 못하고 미소를 짓는다.

언젠가 텔레비전의 청소년 드라마에서 '또 다른 세상'이라는 제목의 단막극을 본 적이 있다. 갈등과 실의에 빠져 있는 친구에게 음반을 선물해주며 "이 음악은 너의 아픈 마음을 달래줄 거야"라고 말한다. 방송국의 '프로 다시 보기'에서 정확한 이름을 알아내 그 음반을 구해 차에서 듣고 집에서도 듣고 마치 음악 애호가인 양 심취되었다.

'시네이드 오코너(Sinead O'Connor)'의 맑고 호소력이 강한 노래가 이어진다. 해설에 의하면 어머니를 테마로 한 곡들이라 한다. 그중 'Thank You For Hearing Me'라는 곡에 마음이 끌려 반복하며 들었다. 음악에 문외한인 나인데도 그 곡을 들으며 차를 운전하면 차분한 마음으로 여유 있는 운전을 하게 된다. 선입관에서 스스로 그렇게 최면이 걸려 있는지는 나 자신도 모른다. 다음 말들은 더 웃음이 나올 얘기이겠지. 우리 집에서 기르는 애완견이 차멀미가 심해서 가까운 곳을 가도 괴로워하는데, 이 음악을 들려주며 가면 한 시간가량을 타고 가도 멀미 탈이 없던 일이 여러 번이나 있었다.

모차르트의 오페라 '마적(魔笛)'에 나오는 '마술피리'는 많은 사람의 가슴속에 사랑의 마음을 일으키고, 불행한 사람에게는 행운을 주는 피리라 한다. 이러한 이야기는 서양에만 있는 것이 아니라 우리나라에도 있다. 삼국유사의 기록에 의하면 신라시대 신문왕이 용으로부터 얻은 대나무로 피리를 만들었다. 피리를 불면 병자의 병이 낫고, 가물 때에는 비가 내리고, 홍수 때는 비가 그쳐 바람이 고요해지고 온갖 풍파가 잔잔해졌다 한다. 이 피리를 만파식적(萬波息笛)이라는 이름으로 부르며 국보로서 보존했다는 글을 읽은 적이 있는데, 지금 아무리 상상일 뿐이라지만 그렇게 신비한 국보급에까지 소유욕의 날개를 펼친다는 것은 죄가 될 것 같다. 이러한 과한 욕심은 이쯤에서 접어야겠으나, 그렇게 신비한 힘을 가진 피리라도 있으면 병에 시달리며 고생하는 환자에게도 치유의 효과를 줄 수 있겠다는 생각을 하게 된다.

갖고 싶은 것은 또 있다. 알라딘의 램프이다. 램프를 슬슬 문지르기만 하면 하인 '지니'가 병 속에서 튀어나와 "주인님, 분부만 내리십시오"라고 말하며 무슨 소원이든지 들어주겠다고 한다. 그런데 세 번뿐이니 신중하게 말해야 한다. 제일 먼저 무슨 소원을 말할까. 병고에 시달리는 사람들을 위해 온 세상의 병마를 쫓아버리라고 소원할까. 알라딘의 램프 속에는 무엇이나 실현시킬 수 있는 힘이 있으니, 삶에 지친 사람에게 궁핍을 몰아내고 풍요로움을 주도록 빌어볼까. 이제 한 가지만 남았다. 이번에는 나의 가정을 위해 말하리라. 무엇을 소원할까.

나는 오수(午睡)를 즐기듯이 휴식하는 마음으로, 갖고 싶은 것들을 마치 가진 듯이 흐뭇해하며 미소를 짓고 있다.

⟨A Dream in a Nap⟩

Nyoung-Soon Kim

Like enjoying a nap to rest my mind and body tired of hot whether in mid-summer, I love to lie on my side and dream of something that I want to have. I cannot always have what I want, but I become happy when I think about them, as if I already have them.

190

Sometimes, I dream of flying in the air. In the real world, everybody is burdened with appointments and pressed for time on the jammed road avoids making appointments. Flying freely over the jammed road will be a common dream for Urban people. I have many friends, mostly in their 70s, so only few knows to drive. We often go to romantic tea houses or beauty spots on the weekend. Whenever my car exceeds the capacity, I feel sorry that my car has not enough room for more members.

This regretfulness added one more thing to what I want to have— Tinkerbell's golden powder in a fairy tale. If I were to have it, I will sprinkle it on my body and friends to fly over the crowded roads. Even though I don't expect that Tinkerbell will share the golden powder with me because I am not Peter Pan, I dream of flying in the blue sky. I fly with my friends in a moonlit night between stars in a row like a character in the last scene of movie, Peter Pan, and I don't distinguish between dream and reality just to smile.

The other day, I saw teenagers' one act-drama,

'Another World.' There, a young boy gives his disappointed friend a disc, saying, "This music will comfort you." I replayed the drama in the internet site to see the title of the song. I found the name and went to a music shop to buy the disc. I listened to the music in my car as well as in my room as if I became a maniac for music. Sinead O' Connor's soft voice appealed to my feelings.

By the commentary, mothers were the subject of his music. My favorite song was "Thank You for Hearing Me", so as I listened to it over and over again. The music comforted me, even an layman to music, as if it hypnotized me. My pet dog didn't want to go out doors because of its carsickness. But, believe it or not, it was wonderful that even though he was in my car for over an hour, he was not sick with the music playing.

In Mozart's Die Zauberflote, the Magic Flute plants a seed of love in people's heart and gives a miserable person a fortune. We have the same story as western people have; In Sam-gook-yu-sa(three nation's history), King Shin-moon of Shil-la era in Korea received a bamboo stick from a dragon to make a flute. It was called as "Mahn-pha-shick-juk" (calms the razing waves) and preserved as a national treasure according to the history. When they played the flute, the sick was healed, draught or flood stopped, waves and winds were calmed. I know that it is too greedy to dream of having the national treasure. I just wish to have the same flute as they had so that I can help the sick be healed right now.

I have one last thing that I wish to own: a pre-paid card. I wish to have a pre-paid card kind of an inexhaustible fountain of wealth so that I could give out some of that money to homeless people, shivering this icy cold day, to make them smile brightly. How happy I would be if I could do that!

Like enjoying a nap to rest my mind and body, I love to lie on my side and imagine something happily that I wish to have.

인간센서

불과 수십 년 전, 6·25 전쟁 때 나는 피난지에서 어둠침침한 호롱불 아래서 책을 읽었다. 세상은 끊임없이 변하고 있어서 지금은 전등의 용도와 모양도 다양해 그 종류를 열거하기조차 어려운데, 이 중에는 '센서 등(燈)'이라고 불리는 자동점멸등(自動點滅燈)도 있다. 가까이 가기만 하면 감지기능이 작동되어 자동으로 켜져 주위가 환하게 밝아진다. 인체만 감지하는 것이 아니고 움직이는 것은 다 알아차려, 강아지가 지나가도 켜진다. 요즈음은 거의 모든 아파트 현관에 부착되어 있으나, 아마 고마워하는 사람은 그리 흔치 않을 것이다. 오히려 고마워하는 사람을 보면 이상한 눈으로 보겠지만 나는 고마워할 뿐만 아니라, 센서 등과 정(情)마저 주고받는다.

내가 센서 등을 만난 것은 불과 수년 전이다. 1993년도에 경기도 파주로 이사하여 집을 지은 때만 해도 센서 등은 개발되지 않아 계단실에는 일반 스위치로 켜고 끄는 등을 사용했고, 위층인 우리 집 현관 앞에는 30초 동안만 잠시 켜졌다가 꺼지는 '타임스위치' 를 이용하며, 만족하는 듯 살았다. 만족감은 안일과 정지 상태에 머무르게 하나, 편리성 추구의 욕구는 인류의 문명 발달을 견인해가는 힘이 아닐까. 계단을 올라갈 때에 켜고 가면 위층에서 다시 끌 수가 없었다. 삼로스위치(Three Way Switch)는 창고에 부착했지만 우리 집 계단실에서 쓰기는 적당하지가 않아 점점 더 불만스럽고 불편을 느껴가던 터에, 센서 등이 출시된 것을 알았다. 반갑게 여러 개를 사다가 일반 등과 나란히 부착해놓은 계단실은 일반 등을 소등해놓은 밤에도 다가가기만 하면 어김없이 환하게 밝아진다.

늦게 귀가할 때, 어두운 계단을 향해 조심스레 들어서면 천장의 센서 등은 기다리고 있었다는 듯이 반기며 켜져, 활짝 제 빛 속으로 나를 껴안아 품는다. 중학교 시절 어둠 속 버스 정류장에 마중 나오신 나의 어머니가 곁에 계신 것 같은 정을 느낀다. 밝은 낮에는 있는 듯 없는 듯, 보는 듯 안 보는 듯 가만히 있다가, 캄캄한 어둠 속에서 나를 발견하면 다칠세라 황급히 밝혀준다.

물론 내 몸만 감지하는 것은 아니다. 누가 와도 센서기능은 작동하겠지만 나는 나만을 위해 기다리고 있었던 것으로 느낀다. 1층의 계단을 다 올라갈 무렵이면 켜 있었던 전등은 꺼지고 이번에는 2층의 등이 나를 감지하여 저절로 켜진다. 계단실의 어둠을 몰아내고 나의 주변을 밝혀주어 환해지는 순간, 그 빛 속에 감싸이면 때로는 쓸쓸함을 떨쳐버릴 수도 있고, 기쁨과 평안 속에 하루를 접으며 나의 집에 들어설 수도 있다.

나와 가까운 분이 지방에 살고 있는데, 노후에 좋은 집에서 사시라고 아들이 새로 큰 집을 지어드렸다. 정원과 건물이 매우 훌륭한 저택이었으나 부엌 전등 스위치는 멀리 붙어 있었다. 모든 스위치의 위치는 사용자의 동선을 고려하여 합리적으로 배치되어야 하는데, 전기 기사들이 자기들 배선공사의 편의성과 전선 길이 절약 위주로 스위치를 달아놓아 마땅치가 않았으나 언급하지 않고 상경했다.

그 이후에도 수차례 그 댁에서 밤을 지내게 되니 해결해주고 싶은 마음을 더는 참을 수가 없어서, 이튿날 근처 전기상회에 부탁하여 센서 등을 달고 스위치를 옮겨드렸다. 어두워 불편했어도 '그러려니' 하며 생활하시던 분이, 밤에 안방 문에서 두어 발자국만 나오면 머리 위의 등이 저절로 환하게 켜지는 것을 보고, 순박한 시골사람답게 기쁨을 동반한 탄성을 크게 외쳐서 나도 속이 확 뚫리는 것 같이 기뻤다.

또 어느 해였던가? 충청북도 충주에 이사 축하 차 간 일이 있었는데, 밤에 불을 켜려니 스위치가 멀리 있어 찾을 수가 없었다. 그 집에 가서도 '남의 제사에 감 놔라 배 놔라' 했다. 그 집 주인은 흔쾌히 동의하며, 내일 당장 시공하겠다 하여 함께 유쾌하게 웃었던 일도 있었다. 나무꾼에게는 배의 노(櫓)가 쓸모없고 뱃사공에게는 수레가 무용지물인 것처럼, 공동 주택에서 승강기를 이용하는 사람들에게는 흥미 없는 얘기겠지만, 어둠 속에서 더듬더듬 스위치를 찾는 불편을 겪어본 사람끼리는 서로 통하는 얘기가 아닐까?

생각해보면 센서는 전등에만 사용되는 것이 아니고 우리 일상생활에 '인공지능'이라는 용어로도 광범위하게 활용되고 있다. 적정온도로 조절해주며 유지시키는 난방기구와 냉방기구, 공기가 오염되면 자동으로 켜지는 공기청정기, 일정한 냉동·냉장온도 상태의 냉장고 등등, 센서의 원리를 이용한 생활가전은 헤아릴 수 없이 많다. 사용자의 목소리를 등록해놓고 운전 중 휴대전화기를 향해 상대방의 이름만 말해도 자동으로 걸어주는 음성인식기능은 이미 저가의 휴대폰에서도 이용되고 있다. 음성인식으로 운전되는 자동차도 개발 중이라 하니 놀라운 일이다.

기왕이면 다음과 같은 센서도 개발될 수는 없을까? 사업의 손익계산을 미리 알아차려 경제활동의 오류를 미연에 방지해주고, 위험으로부터도 보호해주며, 남녀가 배우자를 잘못 찾아내는 어리석음을 피할 수 있도록 도와준다면 얼마나 좋을까? 원래는 인체에도 이러한 감지기능이 있기는 했는데, 점점 퇴화해 잠재력으로 숨어 미약해진 것으로 생각된다. 모르는 초행길 운전을 내비게이션 안내를 따라 목적지까지 잘 찾아가듯이, 정확한 센서기능이 인생행로를 인도한다면 실패의 고배는 피할 수 있을 것 같다. 종교적 측

면에서는 '그것이 바로 성서이다' 라고 답할 것이며, 철학적인 시각
에서는 '스스로 지혜를 쌓아라' 라고 말하겠지.

　'입안의 혀와 같다' '가려운 곳을 잘도 알아 긁어준다' 라는 말이
있다. 기계뿐만이 아니라 사람도 상대방의 마음을 척척 알아차려
민첩하고 흡족하게 행동해주며, 삶의 길이 어두워 막막할 때 진로
를 밝혀주는 '인간센서' 가 곁에서 도와주면 얼마나 좋을까?
　그나저나 '내가 원하는 바를 먼저 남에게 실천하라' 는 말이 있으
니, 작은 힘이나마 나도 남을 위한 '인간센서' 가 될 수 있도록 노력
하며 살아가야겠다.

인간센서

1993년도에 경기도 파주에 집을 지을
당시에는 센서 등(燈)이 개발되지 않아 계
단실에 일반 등(燈)을 설치했는데, 아래층
에서 켜고 올라가면 위층에서는 끌 수가
없어서 불편하였다.
　편리성 추구의 욕구는 인류문명의 발
달을 견인해가는 힘이 아닐까? 몇 년이
지나 센서 등이 시판되어 반갑게 여러
개를 사다가 일반등과 나란히 부착해 놓
았더니, 소등(消燈)한 밤에도 다가가기
만 하면 어김없이 밝게 켜진다. 늦게 귀
가할 때, 어두운 계단을 향해 조심스레
들어서면 센서 등은 기다리고 있었다는
듯이 커져 활짝 제 빛 속으로 나를 껴안
아 준다는 밝은 낮에는 있는 듯 없는 듯,
보는 듯 안보는 듯 가만히 있다가 캄캄
한 어둠 속에서 나를 보면 다림세라 황
급히 밝혀준다.
　물론 내 몸이 감지하는 것은 아니다. 누
가 다가와도 센서기능은 작동하지만 나
만을 위해 기다리고 있었던 것으로 느껴
진다. 계단실의 어둠을 물어내고 환해지
는 순간, 그 빛 속에 감싸이면 때로는 촐

싹맞을 떨쳐버릴 수도 있고, 기쁨과 편안
속에 하루를 접으며 나의 집 현관에 들어
설 수도 있다.
　나와 가까운 분이 지방에 사시는데, 아
들이 노후에 좋은 집에서 사시라고 흠뻑

한 저택을 건축해드렸다. 밤에 물을 마시
려고 부엌의 스위치를 찾으려 하였으나
찾기가 어려웠다. 모든 스위치의 위치는
사용자의 동선을 고려하여 합리적으로
배치되어야하는데, 전기기사들이 배선공
사의 편의성과 전선길이 절약위주로 스
위치를 달아놓은 듯했다.
　마땅치가 않았으나 언급하지 않고 상
경하였는데, 그 이후에도 방문할 때마다
불편이 거듭되어, 더는 못 참고 근처 전기
상회에 부탁해서 센서 등을 달고 스위치
의 위치도 옮겨드렸다.
　어두워 불편해도 '그러려니'하며 생
활하시다가, 밤에 안방 문에서 두어 발자
국만 나오면 저절로 환하게 켜지는 것을
보고, 순박한 시골 사람답게 기쁨을 동반
한 탄성을 크게 외쳐서 나도 속이 확 틀리
는 것 같았다.
　또 어느 해였던가? 충청북도 충주에 이
사 축하차 간일이 있었는데, 밤에 불을 켜
려니 스위치가 멀리 있어 찾을 수가 없었
다. 그 때에도 '남의 제사에 감 놔라, 배
놔라' 했다. 그 집 주인은 흔쾌히 동의하

며, 내일 당장 시공하겠다 하여 유쾌하게
함께 웃은 일도 있었다.
　나무꾼에게는 배의 노가 쓸모없고 뱃
사공에게는 수레가 무용지물인 것처럼,
공동주택에서 승강기를 이용하는 사람
들에게는 흥미 없는 얘기겠지만, 어둠 속
에서 더듬더듬 스위치를 찾는 불편을 겪
어본 사람끼리는 통하는 얘기가 아닐
까.
　센서기능은 '인공지능'이라는 용어로
도 광범위하게 활용되고 있다. 냉난방기
기, 공기청정기, 냉장고, 음성인식 휴대전
화기, 네비게이션 등 열거하기도 어렵다.
음성인식으로 운전되는 자동차도 개발
중이라 하니 고마운 일이다.
　'입안의 혀와 같다', '가려운 곳을 잘도
알아서 긁어준다' 라는 말이 있다. 삶의
길이 어두울 때 진로를 밝혀주는 '인간
센서' 가 곁에 있으면 얼마나 좋을까.
　그나저나, '내가 원하는 바를 먼저 남
에게 실천하라' 는 말이 있으니, 작은 힘
이나마 나도 남을 위한 '인간 센서'가 될
수있도록 노력하며 살아가겠다.

⟨The Sensor⟩

Nyoung–Soon Kim

I read books under the dim light of a lamp in a refuge camp during the Korean War (6·25). It was only a few years ago, but we are now in a different world. For instance, there are now too many kinds of lamp to enumerate. One of them is the Blinker, an automatic sensing lamp; it lights up automatically when someone comes near to it. It detects all movement, lighting up for a human as well as for a dog passing by. Nowadays, it is installed on the front doors of most apartments, but there are few that pause to think how convenient it is. This may sound strange, however, I am not only thankful for it but also have more to say about it.

The first time I saw the automatic sensing lamp was few years ago. At the time our family was building our own house in Paju. We installed lights on a switch to light the steps because the automatic sensing lamp had not been invented. We were satisfied with putting a timed switch on the light by the front door of our home located on the second floor of the building. It would turn on for only 30 seconds. Comfort makes us live in ease and complacency, on the other hand, inconvenience brings forth invention. The light on the stairs could not be turned off after reaching the top. Also, the three-way switch was not proper to the stairs, so we installed it only in the storage room. At that very moment I found these automatic sensing lamps. I bought them at once and installed them on every stairwell. They did not fail to light whenever we got near them.

When I come home late, its light cover me with warm affection, as if it waited for me all day. It reminds me of my mother who used to go to bus stop to meet me. While it is daylight, it doesn't reveal it exists, but it quickly lights whenever it finds me in the dark. Of course, I know it doesn't light only for me, but it looks as if it has waited for me all day through. As I pass the first floor, the light on that floor turns off and the light on the second floor turns on automatically. The moment it puts out the darkness around me, I shake off my lonesome feeling.

Wrapped in the light, I go into my home, calling it a day with joy and peace.

One of my acquaintances lives in a nice home in the countryside. I heard that the house was built by her son who wanted his parents to live in a comfortable place. It is a nice mansion, with a beautiful garden. Nevertheless, it seemed inconvenienced by not having the light switch off the kitchen in a better spot. I thought the electricians must have set this one up to save wires without considering handiness. I finally could not endure it after visiting her several times, so I had the neighboring electrician shop to install an automatic sensing lamp and move the existing switch to the closest place. As my acquaintance turned a couple of steps toward the kitchen, the sensing lamp lighted automatically in the night, making that naive country woman give an exclamation of joy.

I have another story related to the automatic sensing lamp. One day I visited a friend who moved into a new house in Chung ju, Choong-chung Province. In the dark,

I tried to turn on the light, but I couldn't find the switch because it was not installed close by. I put my nose into someone else's business again there, saying, "You'd better install an automatic sensing lamp." The house owner pleasantly replied that he would do it the very next morning. The woodsman doesn't need an oar; the seaman doesn't need a cart. Likewise, people who live in apartments with elevators won't be interested in my words. People, though, who have groped for a light switch in the dark, will feel sympathy for me.

This automatic sensor is not limited to lights, but it is of general application as an "Artificial Intelligence": it can control temperature in air-conditioning units and heating equipment, letting the air cleaner know the air quality and keeping things cold or on ice in the refrigerator. They are selling speech recognition telephones cheaply now; it calls the person named by the driver that he has input into the phone. It is amazing that they are developing cars that come equipped with voice-activated computers and navigation systems.

It will be great if sensors are developed to let us know the profit and loss points to avoid suffering financial damage, to protect us from danger or to let people find the right spouses to prevent unhappy marriages. It is said that mankind once had an internal sensor until it became degraded and hid itself in our inner space. As we can arrive at our destination led by a navigation system, if our sensor works, we can find the true meaning of our life. From the view of religion, 'the Bible' would play the role of the automatic sensor; philosophically, 'the Intelligence' can be the guide for us.

There are sayings, "Someone who is like the tongue in the mouth," and "Someone who scratches well someone else's itch." They mean that there are people who are very sensitive to others. How great would it be, if there were many people who had automatic sensors like these inventions, so that they could catch another's needs to help them at once or be a light to guide them in uncertain paths!

After this, I will live trying to be a sensor for others, following the saying, "Do first what others need!"

큰 발자국

선사시대 박물관 마당에 공룡의 발자국이 남아 있는 화석의 전시물을 보았다. 몸집이 얼마나 크고 무겁기에 바위에 저토록 깊고 큰 발자국을 남길 수 있었을까. 문득 그 족적(足跡) 위에 내 친구 '박병준과 홍정희'의 얼굴을 연상하며 그들의 삶이야말로 저렇게 깊고 큰 발자국을 남길 것이라고 생각했다.

나는 남녀공학의 고등학교를 다녔는데, 동기동창생 중에 박병준과 홍정희는 부부의 인연을 맺은 한 쌍이다. 재미(在美) 사업가로서 학교에는 발전기금과 장학재단, 의료기관에는 연구를 위한 지원을 아끼지 않는다. 이 부부는 고등학교뿐만이 아니라, 서울대학교 공과대학도 동창생이다. 미국과 영국에서 학문을 더욱 쌓아 미국에서 '산업제품안전성 시험평가연구소'를 설립했다. 선박 등 대형 철골 구조물의 안전성을 시험하고, 제조상품도 이곳에서 검증받아야 유통이 가능하다. 미국, 일본, 유럽 각국에서도 안전검사를 의뢰해 오는 공신도가 높은 기관이다. 새로운 기술을 창출해내고, 극대화 시켜 성공에 이르는 과정에서 어려움은 얼마나 많았겠는가.

　세계적인 사업가이면서도 따뜻한 인간관계를 맺어온 그들의 모습을 비디오 영상물에서 보았다. 회사 경영에서 물러날 때 송별파티를 하는 내용이었는데, 피부색과 국적을 초월하여 끌어안고 석별의 정을 눈물로 나누는 모습을 보며 감동하였다. 함께 울고 웃으며 하나가 되어 있었다.

홍정희·박병준 부부

카이스트 연구원 준공식

　　그들의 사회적 나눔의 규모는 기하학적 숫자이다. 2001년 미국 MIT 대학에 일백만 달러(약 9억 원), 2002년 미국 래히 클리닉 의료기관에 연구비 200만 달러, MIT 박병준 복합디자인센터에 기금 출연(出捐), 2005년 미국 커네티컷 대학과 터프트 대학에 연구비 출연, 2006년 미국 실험재료학회에 '박병준 섬유분야 상' 설립 등 열거하기도 어렵다.

　　국내에도 학교지원금과 장학재단, 사회단체와 의료기관에 기부한 거금은 건국 이래 해외동포가 모국에 기부한 금액 중 최고액이라 한다. 최근에도 한국의 과학미래를 위하여 KAIST 연구원 건립기금 1,000만 달러(약 94억 원)를 기부했다.

　　사회적으로 큰 기여를 할 뿐만이 아니라 동창생들을 여러 차례 해외여행에 초대했다.

　　미국 동부로부터 이듬해에는 "먼 곳은 좀처럼 가기 어려우니 이참에 먼 나라 멕시코도 가보자"라며, 미국 북부 카리브해안에 있는 세계적인 휴양지 칸쿤으로 데려가 환상적인 여름을 체험하게 하였다. 다음 해에는 "이번에는 미국 서부로 가자"라며 넓은 미국 땅을 좁은 고장처럼 생각하는지 동과 서로 북으로 30명을 데리고 다녔다. '미국 서부' 라고 말하기는 쉽지만, 샌프란시스코를 거쳐 광활한 대평원을 횡단하는 일이 어디 쉬운 일인가. 사막에 가면 사막 식물원을 보여주고, 요세미티 국립공원 등 여러 곳의 국립공원, 폭포와 계곡, 박물관, 라스베이거스의 화려한 쇼, 태고의 신비를 간직하고 있는 그랜드캐니언의 장엄한 모습 등을 관광시켰다. 2006년도에는 이탈리아와 스위스도 다녀왔다.

해외여행은 새로운 세상을 접하는 기회로 많은 것을 보고 느끼게 한다. 좋은 곳을 보고 즐거움도 얻지만 우리 동창들과의 해외여행은 친구들과 우정이 함께하는 아주 행복한 여행이었다.

라스베이거스

박병준 씨의 표정에는 미소가 떠나지 않는다. 자신은 웃고 있는 것이 아닌데, 표정이 그렇다. 자면서 빙긋이 웃고 있는 얼굴을 보고 부인이 깨워서 "무슨 꿈을 꾸었기에 그렇게 빙긋이 웃느냐"고 물었더니 "안 웃었는데……"라고 대답했다는 말을 듣고, 동창생들은 폭소를 터뜨렸다. 우리는 까르르 웃는데, 그 표정 그대로 빙긋이 웃고 있다. 얼마나 온화하고 겸손한 가슴을 가졌으면 그러할까?

미국 서부 여행

미국 브라이스캐니언국립공원 (Bryce Canyon National Park)

스위스 알프스 산맥의 필라투스(Pilatus) 산 정상에서(2,132m)

로마에 갔을 때이다. 일행 중에 홍정희가 약 20분 간 안 보여 몹시 초조하고 불안하였다. 거금의 여행 경비를 소지하고 있을 그녀의 신변이 걱정되었다. 남편인 박병준 씨의 빙긋이 웃고 있는 표정이 그때도 바뀌지 않았다. 원래의 표정이 그러하니 비상시라 해도 바뀌지는 않겠지.

알고 보니 일행 중 세 명이 미술품 감상에 흠뻑 빠져 있다가 늦었다 한다. 이럴 때 일반적인 경우, 때와 장소를 가릴 사이 없이 남편이 아내에게 버럭 화를 낼 만도 한데, 그게 아니다. 미소를 머금은 표정 그대로 "왔으니 됐어" 한 마디뿐이었다.

말수는 적어도 잔정이 살뜰해, 휴게소에 들를 때마다 동창 박진서에게 여러 나라의 맥주를 시음해보라고 한 아름을 안겨준다. 그들이 우리에게 당부하는 말은 항상 같다. "건강하게 살아, 오래오래 함께 여행합시다"이다.

"베푼 사람은 입을 다물어라. 받은 사람은 그것을 치하해라"라는 말이 있으나 동창생이라는 인연 하나만으로 멋진 여행의 기회를 누리고 있는 우리는 무슨 말로 그들에게 보답해야 할지 아무리 생각해도 답이 없다.

성공한 사람은 많다. 성공의 삶에서 나눔의 삶으로 전환할 줄 아는 사람도 많을까? 훌륭한 삶을 살며 뚜벅뚜벅 걷고 있는 그들의 발자국은 선사시대의 공룡 발자국처럼 크고 영원하게 남을 것이다. 그들의 삶의 발자취도 저렇게 거대하고 기념비적인 가치가 있다고 생각하며, 전시물 앞에 세우고 셔터를 눌러 담아온 사진을 이 글과 함께 올리련다.

〈A Remarkable Footprint〉

Nyoung—Soon Kim

During my travelling in the Western United States, I visited the Hoover Dam which is located between the Arizona State and Nevada State. I witnessed a huge Dinosaur Footprint on a rock. It claims that the rock was excavated during the time of the Hoover Dam construction in the century years ago. The footprint stirred my imagination as to how big and heavy the Dinosaur must have been to leave such huge and remarkable footprint. Suddenly it reminded me my friends, Chunghi and BJ (Byiung Jun) Park, whose vision and giving will leave a notable footprint in our society such as the Dinosaur Footprint.

Both Chunghi and BJ (Byiung Jun) are our highschool mates (Seoul National University Bugo 4). After the high school, they both entered to the College of Engineering, Seoul National University. Then they went to the United States to study (BJ left at Junior). Chunghi has finished her MS degree in the Textile Chemistry at Lowell Technological Institute. BJ attended the Rhode Island School of Design for BS. then MIT for his ME in Mechanical Engineering and finally Leeds University in England for a PhD in Textile Engineering.

While Chunghi was pursuing her career as a Textile and Polymer Chemist in a Research Company (Fabric Research Laboratories and Albany International Research Company), BJ was first introduced to the idea of Consumer Products testing and assessment during the graduate school year. This small seed of idea grew into a big idea, which later became a highly successful company called Merchandise Testing Laboratories. Under the BJ's leadership, MTL became as a World Leader in the testing, safe certification, inspection and social accountability of the products shipped from all overseas to the United States, having 21 international laboratories . Bureau Veritas Group (a French Co) purchased MTL in 2001, and he has served as a Special Advisor to the company since then.

In watching the video clips of the BJ's retirement party, I was touched with warm heart to see the participants expressing respect and love to BJ. Some became so emotional that having tears in eye.

Chunghi and BJ believed in the high education and medical advancement. They have made many generous contributions for such goals to the society. Some of the contributions are as follows:

· Hae Yang Scholarship Foundation(for Chunghi's father Name) ($ 1 million)
· Chunghi Hong Park Korean American Women Engineer Scholarship
· Chunghi Hong Park Choonchun Girls High School Scholarship
· MIT (Massachusetts Institute of Technology) ($2million)
− Dr BJ Park and Mrs Chunghi Park "Innovative Lecture Halls"
− Establishment of "Park Center"
− Mechanical Engineering Student Commons
· Develop Fund for College of Engineering, Seoul National University ($1million)
· Chunghi and Byiung Jun Park Sa Dae Bugo Scholarship

Foundation

· Research Fund to University of Connecticut

· Research Fund to Tuft University

· Lahey Clinics Hospital ($2million)

− Dr Artimis Paziano Research Foundation

− Cancer Research and Education Foundation

· Chunghi and BJ Park KAIST INSTITUTE Building ($10 million)

The donation ($10 million) to the KAIST was regarded as the top contribution ever made by Koreans living in abroad. They have been awarded by many organizations. The most notable awards were:

· Anglo-American International Wool Secretariat Fellowship

· Entrepreneur of the Year by Korean-American Scientists an Engineers

· Philanthropists of Year by Lahey Clinic, Burlington, Massachusetts

· Harold DewWitt Smith Award by American Society of Testing Materials

· Distinguish Alumni Award by College of Engineering, Seoul National University
  · Proud Alumni Award by Sa Dae Bugo High School
  · Honorary Doctor of Science Degree by KAIST

They also firmly believe in the friendship. They have invited our high school friends to takemany oversea trips. Starting with a trip to the East Coast of America in the first year, they took us to Mexico in the following year. Mexico was a remote country that was not easy to go. In this trip, we had a fantastic time in the world famous Caribbean resort town, Cancun. In the following next year. they took us to another places, saying "Let's go to Western USA this time". The group of our friends was made of a total of 35 friends. The trip included all over the places – north, south, and west – seemingly thinking this vast land as a little town. To across the America West from San Francisco to the Great Plains was an experience. The trip included the desert, botanical garden, many parks including Yosemite, beautiful waterfalls and valleys, museums, spectacular shows in Las Vegas, and Grand Canyon surrounded by ancient mysteries. In 2008, they took us on a luxurious two week cruise in the Mediterranean Coast. In 2011, we are invited to go along 12 days cruise in Scandinavian and Russia.

These invited oversea trips encounters new word but also strengthen our friendships as well as bring great enjoyment.

BJ is always smiling. He seems to have peace and happiness in his mind all the time. Watching him smiling even during his sleep, his wife, Chunghi, has once asked "What kind of dream made you to smile". He answered her "I did not……". We all bursted out into laughing when she told us.

In another instance in Rome, we could not find his wife with some other friends for 20 minutes. We started to worry and were especially concerned for any danger because Chunghi was carrying lots of travelling expenses. When they returned, they explained that they stopped by for an art exhibits and did not noticed our group leaving. Even then, BJ has not lost any temper. Instead of any anger hat the most of husbands would have shown, he simply said "That's all right as you are now with us" with smile.

During the trips, he does not talk a lot. But he always brought us a armful of beers each time when we stopped over a new place and new country, saying "Please be healthy so that we can travel together again and again". What a considerate and warm hearten person he is!

There is a saying "A person who gives should keep his mouth shut, a person who receives should open mouth to express thanks and praise". How can we repay the kindness and friendships that Chunghi and BJ have given to us? We are simply their high-school mates. I wonder how many successful people in the world changes their successful life style into sharing and giving life style?

As the big footprint of the prehistorical Dinosaur reminds me these two friends, they surely walk with big strides leading into a beautiful life. Again, I am sure that they will leave a remarkable legacy in the days to come I captured a picture of them in the front of the rock which

bearing the Dinosaur footprint. I wish to share the picture
and heartfelt story with others.

원더우먼

- 한국문인 〈작가가 있는 풍경〉에서

글·박진서(수필가·서울 사대부고 동기생)

어수선한 세모(歲暮)의 자선냄비의 종소리도 사라질 즈음, 우리는 만나기로 했다. 그 먼 파주에서 분당으로 오는 길은 멀고 지루하지만, 친구는 차를 몰고 분당까지 와주었다. 고마웠다. 워낙 정이 많고 의리 있는 여인이라서 한번 한 약속은 어떻게라도 지키는 여인. 오랜만에 보는 친구의 검은 자가용조차 반가웠다.

그런데 차 뒷좌석에는 곧 여행이라도 떠날 사람처럼 짐 보따리가 가득하지 않은가. 친구는 늘 그렇게 바쁘게 산다. 그날도 벌써 볼일 한 가지를 보았고, 나와 헤어지고 나서도 또 한 가지 볼일이 남아 있단다. 그칠 줄 모르는 친구의 정력에 나는 할 말을 잃었다. 친구는 그런 체력의 소유자다.

그러니까 9년 전 그녀는, 용인 에버랜드 스피드웨이 자동차경주

장에서 열린 '제3회 한국통신배 대학생 슬라럼 자동차경주대회'에
서 여성 부문에 입상했다. 그것도 최고령자인 66세의 나이로 출전
하여 우리를 놀라게 했고, 일본의 도쿄신문에서도 대서특필까지 했다.

하긴 이보다 3년 전인 1996년에 이미 '제1회 유니텔컵 짐카나대
회'에서 6위를 차지했는데, 이는 아내의 실력을 믿었던 부군이 권
하여 출전하게 되었다. 그들은 잉꼬부부다. 생각도 같고 취미도 대
동소이하여 집에서 기르던 개가 죽자 사람과 같이 엄숙하게 장례
까지 치른 부부. 우리의 교육이 유교에 바탕을 두어서였던지 친구
는 여장부이면서도 부창부수(夫唱婦隨)하는 것이 순종형의 본보기
이기도 하다.

얘기는 딴 곳으로 흘렀지만 이날의 경기에서는 입상은 물론, 인
기상마저 휩쓸었다. 그러니 친구의 실력을 알 만하지 않은가. 삼십
대에 신장결석으로 한 개의 신장으로 버티고 있는 형편의 오늘이
라면, 만약 온전한 두 개의 신장을 지니고 있었더라면 어떻게 살았
을까.

그렇다고 해서 스케일이 굵기만 한 사람은 아니다. 섬세한 손끝
을 필요로 하는 바느질로 자신의 옷을 손수 만들어 입는 친구이다.
그러니 이름 붙여 '팔방미인'이라 해둘까? 게다가 기계 마니아다.
컴퓨터·카메라는 물론 기계에도 조예가 깊어 이런 글을 썼다.

"늦게 귀가할 때, 어두운 계단을 향해 조심스레 들어서면 천장의
센서 등은 기다리고 있었다는 듯이 반겨준다." (「인간센서」 중에서)

"기왕이면 다음과 같은 센서도 개발될 수는 없을까? 사업의 손

익 계산을 미리 알아차려 경제활동의 오류를 미연에 방지해주고, 위험으로부터 보호해주며, 남녀가 배우자를 잘못 찾아내는 어리석음을 피할 수 있도록 도와준다면 얼마나 좋을까?"(「인간센서」 중에서)

상상의 날개는 비약을 넘어 번뜩이는 예지로 드러난다. 지금도 이웃이 생활의 불편을 하소연하면 곧바로 기기(機器)를 사다가 부착해주기까지 하니, 어찌 하루가 바쁘지 않으랴.

그런가 하면 평론에 가까운 글 「신앙은 삶의 버팀목이다」를 내놓아 독자를 숙연케 했고, 「귀로」 같은 글은 독자로 하여금 필자의 '효(孝)'에 감동하게도 했다. 그런가 하면 「오수(午睡)의 꿈」에서는 동심의 나래를 펴 동화의 요정 팅커벨이 피터팬에게 금가루를 뿌려 달나라에 어린이를 데리고 떠나듯, 그런 꿈을 꾼다. 이는 제한된 자동차의 좌석 때문에 친구를 모두 태울 수 없음을 안타까이 여겨 꿈꾸어보는 동심이었다.

그리고 이런 꿈도 꾼다. 써도 써도 바닥이 나지 않는 카드를 가지고 거리의 노숙자에게도 힘을 주어 가족에게로 돌아갈 수 있도록 하는 꿈.

이 글을 읽은 며느리는 효를 다짐했다고 들었다. 이 아니 따뜻한 얘기가 아니겠는가? 며느리가 행복해야 아들이 행복하다는 생각을 갖는 친구는 사돈 간에도 돈독하여 주변 사람들의 부러움을 산다.

친구는 만사에 철저하다. 글이면 글, 생활이면 생활. 취미는 또 어떤가, 한때는 스포츠댄스를 한다고 야한 옷을 입고 무대에 서기도 했으니. 그뿐인가. 어딜 가나 사진을 찍고는 그것을 인화해서 사람들에게 나누어주는가 하면 아예 점심 대접하고, 화장해 드리고, 옷까지 입혀 영정사진을 찍어드리는 봉사까지 한다. 이런 봉사 정신에 나는 말을 잃는다.

내가 말하는 친구는 바로 김녕순(金寧順) 수필가다.

서울사대부고 동창이며, 일제강점기에 같이 일본 교육을 받고, 8·15 해방의 기쁨도 함께 누렸던 친구이다. 우리나라에서 처음으로 실시한 남녀공학이라 더러 여학생도 남성적(적극적)인 면이 없지 않으나, 친구만은 여성적이다. 그럼에도 불구하고 왕성한 지도력에 추진력 있는 것을 보면 몸에 배어 있는 카리스마가 대단하다. 말이나 결단력에는 누구도 당해낼 자가 없을 정도이니…….

그런 친구에게도 정은 많아 남에게 베풀기를 좋아하고, 남을 비평하는 일이 없고, 좋은 일은 언제나 앞장서서 먼저 실천한다. 이런 일, 저런 일 마땅치 않을 때에도 싫은 내색 한번 안 하는 도인 같은 여인.

어느 날, 친구의 훌륭한 글 솜씨를 보고 놀란 나는 등단을 권유했더니, 아니나 다를까 심사위원의 눈에 들어 수필가로 데뷔하게 되었다. 늦깎이이지만 기뻐할 일이다. 적극적이고 행동파인 친구는 지금 수필 문단에 기여하는 바가 커서 내 어깨마저 으쓱해진다. 경험의 연륜으로나 글의 소재가 무궁무진한 친구에게는 장차 주옥 같은 수필이 구슬 꿰듯 줄줄이 이어질 것이라고 믿으며 2008년은 친구의 해이기를 바란다.

삶을 통한 진실과 감동의 미학
― 김녕순 수필세계

정목일
(수필가 · 한국문인협회 부이사장 · 한국수필가협회 이사장)

1. 수필 경지는 곧 인생 경지

수필은 자신의 삶을 비춰놓은 거울이다. 일생의 흔적과 삶의 궤적 속에는 글쓴이의 사유와 철학, 사상, 인격, 감성 등이 그대로 반영된다. "문장(수필)은 곧 인간이다"라는 말을 수긍하지 않을 수 없다.

삶의 진실과 의미를 발견하여 꽃피우는 작업이 수필 쓰기이다. 수필을 쓰려면 먼저 마음을 깨끗이 닦아야 한다. 마음에 탐욕이라는 때와 성냄이라는 얼룩과 어리석음이라는 먼지가 묻어 있으면 마음의 거울을 들여다볼 수 없다. 자신의 모습을 비춰볼 수 없다. 참다운 수필, 향기가 나는 수필을 쓰려면 마음의 연마가 필요하다.

자나 깨나 마음을 닦아서 맑고 투명하게 해놓아야 한다. 인격에 향기가 나야 문장에서도 향기가 나는 법이다.

팔순을 앞둔 김녕순 선생과 필자는 십여 년간 일주일에 한 번씩 수필교실에서 만난다. '김녕순 회장님'이시다. 필자는 '김 회장님'의 염려 덕분으로 십여 년 간을 수필 강의를 해오고 있지만, 인생의 스승으로 알고 그분의 삶을 배우려 한다.

김녕순 선생의 인생 주제는 '봉사'이다. 자신이 속한 모임이나 사회에서 언제나 역할과 소임을 찾아 봉사에 임한다. 봉사정신과 실천은 마음이 우러나야 한다. 참다운 봉사란 맑음과 사랑의 샘물이 넘쳐흘러야 되는 법이다. 남을 위한 봉사를 실천하지 못하는 필자에게 김녕순 회장의 봉사생활은 감동과 함께 인생에 깊은 의미를 깨닫게 해주는 계기가 되었다.

김녕순 선생은 가족, 동창회, 수필모임, 친목회 등에서 언제나 구성원이 필요로 하는 애로점을 파악하고, 전체적인 조화와 화합을 위해서 물질과 시간을 마다하지 않고 솔선수범을 보이시는 분이다. 먼저 마음을 내시고 다정한 미소의 손길을 내미신다.

한때는 이웃 노인들에게 영정사진을 찍어 선물하는 봉사활동을 열심히 전개하셨다. 깨끗한 옷을 골라 입히고, 사진을 찍고, 액자에 넣어 선물하셨다. 팔순의 노익장이신 저자는 주변에 급한 일로 병원에 가야 할 이웃과 동창들에게 기꺼이 운전사 노릇을 자청하시고, 소문나고 맛있는 음식점들을 탐색하여 주변 인사들을 초청하는 등 봉사활동으로 하루 종일 바쁜 삶을 사신다.

팔순 저자의 삶의 모습에서 선한 '열정'을 느낀다. 어디서 이런 놀라운 열정이 샘솟아 나는 것일까. 김녕순 선생에겐 하늘이 주신 '밥 복(福)'이 있다. 세끼의 밥을 잘 챙겨 잡수시는 것만큼 큰 복도 없으리라. 누구나 세끼 밥을 먹고 살지만, 맛있고 즐겁게 식사를 할 수 있는 복을 타고난 것은 건강과 장수뿐 아니라, 열정과 봉사의 원동력이 아닐 수 없다. 팔순이시만 청년의 정열로 봉사에 앞장서는 것에는, 하늘이 주신 복을 타고났으며 이를 이웃들에게 봉사로서 나누려는 마음이 자리 잡고 있다.

나는 먹는 일이 최우선이다. 친구들과 비교할 때 많이 먹는 편이다. 물론 방해받기는 싫어하고 중간에 멈추는 일도 피한다.

결혼 전에 잡지에서 '미인소식(美人少食)'이라는 제목의 짧은 글을 읽은 적이 있다. 한 남성이 어떤 예쁜 여성을 좋아하게 되어 그 매력에 빠졌는데, 함께 식사를 하게 된 것이 탈이었다. 그 미인이 많이 먹는 것을 보고는 정이 뚝 떨어져서 그녀와 헤어졌다는 글이었다. 읽을거리로는 흥미로웠으나 나에게는 충격이었다. 그 글을 읽었을 때가 나의 약혼시절이었다. 미인도 대식(大食)하면 연인을 잃는데, 미인도 아닌 내가 많이 먹는 것을 보면 약혼자가 환멸을 느낄 수도 있다.

그 글을 읽은 이후로 데이트할 때면 식당 메뉴에 올라 있는 것 중 두 가지를 선택해서 먹고 싶다고 말했다. 사 달라고 말만 한 것이 아니고 두 그릇을 다 먹었다. '갈 테면 초저녁(약혼시절)에 떠나라'는 속셈이었다. 연분은 따로 있었던지 약혼자는 굶주린 사람처럼 퍼 먹는 나를 보며 오히려 즐거웠다고 했다.

내가 젊었을 때는 보릿고개가 있던 시절이었다. 대가족으로 스무 명이 넘는 식구를 거두어야 하는 시부모님의 고충도 매우 컸으리라. 집에서 새는 바가지 나가서도 샌다고, 갓 시집온 새색시가 사양을 모르고 부끄러움도 모른 채 먹을 만큼 먹어야만 수저를 놓았다. 살게 마련이라는 말이 맞는지, 시부모님께서는 잘 먹는 것이 예쁘다 하시며 '더 먹어라, 더 먹어라' 하셨다. 신이 나서 먹고 또 먹었다. 이 무슨 주책이었던가. 식량난이 극심하여 6·25 직후 군대에 나간 국민 방위병들 중 많은 사람이 굶어 죽는 세상인데, 나는 배꼽이 뽈록 나오도록 먹어야 했다. 그런데 시부모님께서 타계하신 지금에야 철이 드니 보답할 길 없는 은공에 한숨짓는다.

– 「밥 먹는 이야기」 일부

「밥 먹는 이야기」는 독자들에게 흐뭇한 미소를 안겨준다. 너무 솔직하고 대범한 마음에 정감이 가고, 하늘이 준 식복(食福)으로 말미암아 타고난 건강과 정열은 긍정적인 삶, 창조적이고 봉사적인 생활을 영위하게 만들었음을 보여준다. 세상에 식복처럼 큰 복도 없다는 생각을 한다.

김녕순 선생에게 배워야 할 점은 기다리지 않고 먼저 행한다는 것이다. 편지 받기를 원한다면 먼저 편지를 쓸 일이다. 선물을 받고 싶다면 먼저 선물을 해야 한다. 사랑을 받고 싶다면 누가 먼저 사랑해주길 기다리지 말고 사랑을 발견하고 행해야 한다. 왜 기다리고만 있고, 자신이 먼저 행하려 들지 않는가. 자신이 주인공이 되고 싶거든 먼저 옆 사람이 주인공이 되도록 힘껏 도와주어야 한다. 자신이 배경 색깔이 되고 음악이 되어 주변 사람이 주인공이 되도록 힘써 준다면, 자신도 어느새 주인공이 될 수 있는 기회가 찾아온다.

김녕순 선생의 삶이 아름다운 것은 소리 나지 않게 내색하지 않고, 자신이 주인공이 되지 않고, 주변 사람들이 즐겁고 행복해지도록 자신을 녹여 배경 색깔이 되고 배경 음악이 되려고 한다는 점이다. 인생에서 친화와 배려와 조화의 향기와 빛깔이 풍기고 있음을 본다. 놀랍고 아름다운 인생 경지가 아닐 수 없다.

자신보다 상대방의 입장과 처지를 생각하고 배려하며 미소를 안겨주려는 역지사지(易地思之)의 인생철학은 삶에 건전한 활력을 제공하고, 주변에 감사와 감동을 불러일으킨다. 진실하고 꾸밈없는 인생 독백, 인간관계에 얽힌 감정의 매듭을 풀어놓는 사랑과 배려, 긍정적이고 진취적인 사고는 오늘날 노인들이 걸어가야 할 인생 이정표를 제시해주고 있다.

현대를 살아가는 노인의 삶에서 시대에 뒤떨어진 모습과는 달리, 당당한 리더로서 삶을 즐겁고 활기차게 열어가는 새 노인상을 보여주고 있음에 박수를 보내고 싶다.

김녕순 선생의 수필세계에 앞서 개인적인 인간세계에 대해 말하는 것은 '수필은 곧 인간' 이며, 작품을 알기 위해선 먼저 인생을 아는 것이 가장 좋은 방법이랄 수 있기 때문이다. 이웃과 남을 위해서 항상 바쁜 삶을 사느라 팔순에 처녀수필집을 상재하게 되었다. 일생의 경사가 아닐 수 없다.

2. 시대정신과 삶의 개척

팔순의 수필가이시지만, 주제의식이 선명하고, 맞춤법이 정확하다. 어법이나 정서 등이 구태(舊態)가 나지 않고 젊은이 못지않다. 시대감각에 뒤떨어지기는커녕 앞서나가려는 정신을 보여준다. 각종 전자기기를 젊은이들보다 더 능숙하게 다룬다는 점에서 신통하게 여겨지며, 사고(思考)가 매우 과학적이고 효율적인 방식을 취하고 있다. 그냥 전철을 타고 다니지 않으시고, 목적지에 가기 위해선 전철 몇 번 칸에 타야 가까운지 확인하고, 출입구 등을 사전에 점검해놓아 시간을 절약하는 습관을 지니고 계신다.

김녕순 선생 삶의 정신과 태도로서 나타나는 뼈대는 한국 전통의 부덕(婦德)을 계승하면서 현대적인 삶을 개척하는 힘이다. 대개의 노인들을 보면 전통적인 가부장제도와 윤리의식 속에 살아와 현대의 변화와 의식을 뒤따르지 못해 시대차를 느끼며 구시대인의 틀 속에서 영주(永住)하고 만다. 김녕순 선생은 시대를 거스르지 않고 앞장서서 개척하려는 열정과 태도를 보여준다. 현대는 인터넷

시대이고 지식·정보사회이다. 노인들은 문명기기를 익숙하게 사용할 줄 몰라 소통과 생활이 원만하지 못함을 느낀다.

김녕순 선생은 현대생활에 조금도 제약이나 장애를 받지 않는다. 오히려 첨단의 기기를 남보다 먼저 익숙하게 사용함으로써 정보와 지식을 자기화하고, 편리와 능률을 통해 봉사활동을 용이하게 만든다. 구시대의 정체성을 살리되 합리적인 정신과 실정을 받아들이고, 이를 현대에 계승시키되, 현대의 감각과 윤리와 공동체 정신에 맞는 가치관과 시대정신을 구현하려고 하는 점에서 깨어 있는 선각자의 모습을 보인다.

개척정신의 한 모습으로 여성 최초의 카레이서로 자동차경주에 나선 일도 있다. 또한 영화, 음악, 미술 등 문화예술 현장을 누비며 젊은이들에 뒤지지 않게 현대 예술에 대한 안목을 지니고 있기도 하다.

스마트폰은 휴대전화와 초소형 컴퓨터의 기능이 결합된 첨단기기다. 이동 중에도 무선인터넷이 가능하여 정보검색, 전자우편, 팩스전송도 할 수 있는가 하면, 영화 정보 제공, 길 찾기, 지하철과 버스의 교통 정보, 증권시세, 동영상 재생 등, 열거할 수 없을 만큼 다양한 편의성을 제공한다.

교육 받는 날, 오후 7시쯤 복학생이 된 기분으로 교육장에 도착했다. 기분이 들뜨기도 하고 긴장되기도 했다. 자리를 잡고 앉자 한 청년이 목례를 하더니 옆자리에 앉았다.

"연세가……?"

"78세."

네티즌답게 키워드(keyword)만으로 주고받는 짧은 대화였다. 나이 때문인지 놀라는 표정을 잠시 보이더니 그는 일부러 옆자리로 왔다고 말했다. 나는 그 이유를 묻지는 않았다. '윈도우폰 사용법 강좌'에 참석한 할머니가 궁금했을까, 그보다는 할머니의 사랑을 받으며 자란 청년은 아닐까 짐작해 본다.

'윈도우폰 사용자 아카데미'는 성황을 이루어 빈자리가 없었다. 강의 내용은 알차고 유익했다. 대부분 20~30대로 보이는 수강생들은 새로운 정보에 진지한 모습으로 열중한다. 응용프로그램 설치와 삭제 방법은 필기를 하지 않아도 될 만큼 쉬웠지만, 유용한 사이트를 소개하는 내용의 대형 스크린 화면은 너무 빨리 바뀌었다. 나는 순발력을 발휘해 휴대전화 카메라로 화면을 찍었다. 젊은 짝꿍이 필기를 하다가 도중에 화면을 놓쳤다. 나는 회심의 미소를 지으며 아쉬워하는 청년에게 "내가 찍었으니 화면 사진을 휴대폰 메일로 보내줄게"라고 말했다.

– 「그린, 그린, 그린(Green)」의 일부

팔순의 노인이 대개 20~30대가 참석하는 '윈도우폰 사용자 아카데미'에 참석하여 열성적으로 수업에 참여하고 있는 모습을 드러내고 있다. 50대만 돼도 새로운 첨단기기에 대하여 자신감을 상실하여 접근부터 두려움을 느끼는 경우가 보통인데, 김녕순 선생의 경우는 적극적이고 흥미 있게 익히고 수용함으로써 현대 문화 생활에 앞장서고 있음은 놀라운 일이 아닐 수 없다.

연령이 많아질수록 신경과 감각이 떨어져, 첨단기기를 회피하는 경우가 많다. 김녕순 선생은 삶 속에서 철저하게 과학적이고 능률적인 면을 중시하며 첨단적인 생활방식을 받아들이는 데 앞장서고 있다. 시대를 앞서가는 개척자인 면모를 보여준다. 구시대에 머물러 있지 않고 미래를 향해 앞장서 나가려는 선각자의 자세이다.

젊고 늙음은 연령의 구별이라기보다 의식과 삶, 질과 방법에 있어서의 구별임을 과감하게 보여주고 있다. 노인이라고 움츠리지 않고 앞장서서 할 수 있는 일을 개척하고 의미 있게 실천하려는 정신을 본다. 노인이지만 청춘의 가슴을 지닌 용기 있는 삶이 아닐 수 없다. 젊고 능동적이고 긍정적인 삶의 원천은 어디서 샘솟는 것일까. 그것은 자신만의 삶을 위한 것이 아닌, 이웃과 공동체사회를 위한 공존공생의 평화와 행복에 있음을 짐작케 한다.

「그린, 그린, 그린(Green)」에서 손자뻘인 20대 청년에게도 첨단기기에 대한 강습에서 뒤지지 않는 모습을 보여주는 것은 놀라운 노력과 기지가 아닐 수 없다. 현대를 살아가는 긍정적이고 이상적인 노인의 삶의 패턴을 보여주고 있다.

3. 일생으로 피운 깨달음의 꽃

팔순이 지닌 의미는 곧 '일생'을 상징한다. 지금의 열정으로 보면 백수(白壽)를 뛰어넘을 분이시지만, 닥쳐올 인생의 마감을 염두에 두는 것을 잊지 않고 있다. 유종의 미를 거두고 싶은 마음, 인생에 최선을 다하고자 하는 마음을 안고 있다. 항상 마음속에 촛불을 켜고 있어서 일생이 타오르고 있음을 느낀다.

일상인들의 삶은 평범하고 사소하다. 눈에 띄지 않고 번쩍거리지도 않는다. 수수한 풀꽃 같다. 이름 없는 풀꽃일망정, 풀숲에서 온전히 일생으로 얻은 삶과 발견으로, 나만의 체험과 생각으로, 가장 자신다운 빛깔과 향기로 깨달음의 꽃을 피워보고 싶어 한다. 나만이 피울 수 있는 숭고한 꽃이다. 그 꽃 속에다 내 인생의 하늘의 말과 땅의 위대함을 담아내고 싶다. 햇살의 체온과, 빗방울의 말과, 바람의 손길과, 나비의 사랑을 빚어내고 싶다.

생사를 뛰어넘는 것은 꽃에서 보이는 완성의 감동이다. 내 인생의 완성과 감동은 어디에서 찾아야 하며, 꽃피워야 할 것인가? 저자는 자신에게 자문자답(自問自答)하면서 인생의 의미에 대한 길을 가고 있다.

깨달음의 길은 알 수 없는 목적지를 찾아나서는 것이 아닌, 자신의 마음을 찾아나서는 일이다. 특별, 기적, 은총의 순간이 아니라, 평범하고 일시적이고 사소한 순간의 발견에 있다.

순간의 진실, 지금 이 순간의 의미를 발견하는 일이 깨달음이 아닐까. 김녕순 선생은 순간의 최선, 순간의 아름다움, 순간의 행복을 창조하려고 애쓴다. 기적과 특별은 일생사가 아니다. 아무것도 아니게 지속되는 삶의 풍경 속에 소중함이 다 들어 있음을 알아차리는 지혜가 아닐 수 없다. 김녕순 선생의 수필은 이런 소박하고 사소한 발견과 빛깔과 향기가 있어서 독자들에게 평화와 행복감을 안겨준다.

사람에게는 자기에게 맞는 그릇이 있다. 감투를 쓴다는 것은 내가 다른 사람들에게 조금이나마 봉사하겠다는 역할을 의미하는 것이다. 머리에 쓴 감투가 너무 크면 흘러내려 불편할 것이고, 작으면 쉽게 벗겨져 쓸 수가 없다. 나의 감투는 모두 머리 둘레는 생각지 않고 손들어 쓴 감투이니 부끄러울 것 같지만, 나 자신은 그렇지 않다. 무슨 큰일을 하는 것은 아니지만 그래도 회장은 회장이 아닌가.

최근에 나는 감투 하나를 더 썼다. 공부를 마친 뒤 화제가 된 영화를 관람 후 차를 마시는 중에 기꺼이 쓰게 된 감투이다. 이름 하여 '모놀회 회장'이다. '모놀회'란 '모여서 놀자 모임'의 줄임말이다. 그 자리에는 세 사람뿐이었으므로 유감스럽게도 회원 수는 회장인 본인 한 명과 회원 두 명뿐이다.

  - 「감투」 일부

「감투」는 저자의 성격과 삶의 모습을 잘 보여주는 글이다. 감투를 영광과 과시용으로 쓴 게 아니라, 남들이 맡기 곤란하게 생각하는 역할을 자처하고 나서서 봉사하는 일을 즐긴다는 얘기를 들려준다. 권력과 이익이 보장되는 자리나 감투는 언제나 말썽과 내분이 있게 마련이지만, 봉사와 희생이 뒤따라야 하는 역할과 자리는 나서는 사람이 없어 어려움을 겪는다. 이런 처지를 알고 먼저 나서는 사람들이 있음은 얼마나 고마운 일인가. 조화와 균형을 맞춰 모두에게 평온과 단합을 도모해주는 오케스트라의 지휘자가 아닐 수 없다.

30대에 홀로 되신 나의 어머니는 수의를 손수 바느질해 놓고 입히는 방법을 여러 차례 내게 가르쳐주셨다. 수의를 입히는 것만도 싫은데, 운명하신 후에 해야 할 일을 남의 손을 빌리지 말고 딸이 하도록 당부하시는 것이었다. 그 과정은 남자들이 하는 일이다. 남자도 아무나 할 수 있는 것이 아니고 우리 집안에서는 당숙뻘 되는 분이 온 집안의 염(殮)을 맡아 하셨다. 거역할 수 없어서 묵묵부답이었으니 응낙하는 뜻으로 아셨겠지만, 내 마음속에서는 매번 짜증스러웠다.

생전에 내가 듣기 싫어하는 줄 아시면서도 "입이 벌어져 있으면 벌린 채 놔두지 말고 굳기 전에 턱을 손으로 올리고 수건으로 머리에 묶어라" 하시더니 정작 어머니는 얌전히 입을 다무신 채 가셨다. 어머니가 돌아가셨는데도 무서운 생각은 조금도 없었다. 저승사자 따위는 조금도 겁나지 않았다. 염할 때에는 이미 싸늘해진 어머니의 몸에 닿는 나의 뜨거운 손에는 정감이 흘렀고, 눈물 고인 내 눈길은 연민과 애정으로 뜨거웠다. 이렇게 잘 마무리해드릴 수 있는데, 생전에 당부하실 때에 왜 시원스럽게 대답을 못 해드렸을까. 다 소용없는 후회였다. 정성스레 깨끗이 닦아드리며 비로소 깨달았다. 남의 손이 당신 몸에 닿는 게 싫으셨고, 90세의 어머니에게도 여성의 부끄러움이 있었다는 것을……. 가르쳐주신 말씀대로 마지막에 두 손을 모아 배에 올려드렸다.

'아들네 집에서 운명하시게 한다'는 허울 좋은 고정관념을 앞세워 어머니를 오빠네에 계시게 했다. 원하지 않는 생활을 강요한 불효 여식의 죄를 어찌해야 하나요? 신부전증에 시달리고 있던 오빠에게 말년의 어머니를 맡긴 죄를 가슴을 치며 뉘우친다. 어디로 가시는지 모를 곳으로 돌아가시는 어머니의 표정은 책망도 용서도 없이 담담하고 싸늘하기만 했다. 90세까지 사셨는데 '시골에 가고 싶다'는 소원을 더 일찍이 이루어드리지 못하여 죄송하고 후회스럽다.

부모님들은 한이 없는 큰 사랑을 베푸시는데도 자식에게 바라는 것은 몇 가지 안 된다. 그것을 못 해드리는 자식들의 죄가 끝도 한도 없이 크기만 한 것 같다.

－「귀로」 일부

30대에 홀로된 어머니의 유언을 받들어 돌아가신 어머니 시신에 염을 하고 수의를 입혀드리는 장면이 감동적이다. 여성으로서 하기 힘든 일을 태연하고 침착하게 해내는 모습이 거룩하다. 마지막으로 어머니께 바칠 수 있는 효도를 하고, 참회의 눈물을 흘리는 모습 속에 아름다운 모녀상(母女像)을 보여준다.

「귀로」는 어머니의 마지막 길을 회억(回憶)하면서, 못다 한 효도에 대한 참회를 보여주고 있지만, 항상 후회 없는 인생길에 대한 최선의 노력을 생각하고 실천하는 저자의 인생관이 잘 담겨져 있다.

4. 삶을 통한 진실과 감동의 미학

내가 센서 등을 만난 것은 불과 수년 전이다. 1993년도에 경기도 파주로 이사하여 집을 지은 때만 해도 센서 등은 개발되지 않아 계단실에는 일반 스위치로 켜고 끄는 등을 사용했고, 위층인 우리 집 현관 앞에는 30초 동안만 잠시 켜졌다가 꺼지는 '타임스위치'를 이용하며, 만족하는 듯 살았다. 만족감은 안일과 정지 상태에 머무르게 하나, 편리성 추구의 욕구는 인류의 문명 발달을 견인해가는 힘이 아닐까. 계단을 올라갈 때에 켜고 가면 위층에서 다시 끌 수가 없었다. 삼로스위치(Three Way Switch)는 창고에 부착했지만 우리 집 계단실에서 쓰기는 적당하지가 않아 점점 더 불만스럽고 불편을 느껴가던 터에, 센서 등이 출시된 것을 알았다. 반갑게 여러 개를 사다가 일반 등과 나란히 부착해놓은 계단실은 일반 등을 소등해놓은 밤에도 다가가기만 하면 어김없이 환하게 밝아진다.

늦게 귀가할 때, 어두운 계단을 향해 조심스레 들어서면 천장의 센서 등은 기다리고 있었다는 듯이 반기며 켜져, 활짝 제 빛 속으로 나를 껴안아 품는다. 중학교 시절 어둠 속 버스 정류장에 마중 나오신 나의 어머니가 곁에 계신 것 같은 정을 느낀다. 밝은 낮에는 있는 듯 없는 듯, 보는 듯 안 보는 듯 가만히 있다가, 캄캄한 어둠 속에서 나를 발견하면 다칠세라 황급히 밝혀준다.

물론 내 몸만 감지하는 것은 아니다. 누가 와도 센서기능은 작동하겠지만 나는 나만을 위해 기다리고 있었던 것으로 느낀다. 1층의 계단을 다 올라갈 무렵이면 켜 있었던 전등은 꺼지고 이번에는 2층의 등이 나를 감지하여 저절로 켜진다. 계단실의 어둠을 몰아내고 나의 주변을 밝혀주어 환해지는 순간, 그 빛 속에 감싸이면 때로는 쓸쓸함을 떨쳐버릴 수도 있고, 기쁨과 평안 속에 하루를 접으며 나의 집에 들어설 수도 있다.

　-「인간센서」일부

「인간센서」는 김녕순 선생 수필의 진미를 맛볼 수 있는 작품 중 하나이다. 아파트 층계를 걸어 올라갈 적에 차례대로 켜지고 꺼지는 센서 등(燈)에 대한 예찬이다. 어둠 속에 있던 자신을 마치 빛으로 인도하는 듯한 센서 등에서 정감을 느낀다. 이 센서 등은 중학

238

교 시절 버스 정류장에서의 어머니의 마중과 지난 과거 속의 추억을 밝혀주는 등이기도 하다.

'센서 등' 이라는 현대적 감각의 소재를 통해 과거와 현재를 이어주는 서정의 숨결과 삶의 체온을 느끼게 한다. '센서 등' 이라는 하나의 전구를 통해 생명과 감성을 불어넣고, 어둠과 두려움을 안도와 휴식으로 환치시키는 힘을 보여준다. '센스(sense)' 라는 이 기발하고 창의적인 감각기능으로 생활 주변을 밝혀주는 기지를 발휘함을 본다. 이것이야말로 남들이 발견해내기 어려운 삶의 긍정적인 눈이며 깨달음이 아닐 수 없다.

김녕순 선생은 항상 '센서 등' 같은 배려와 사랑의 빛을 만드는 예민한 예지(叡智)의 발광체를 이마에 달고 다니시는 것이 아닐까 여겨진다. 그 긍정과 사랑의 빛이 있기에, 선생의 수필을 읽는 맛이 구수하고 마음을 따스하게 덥혀준다.

팔순에 처녀수필집을 낸 것을 축하드리며 이를 출발점으로 앞으로 백수를 누리시고, 수필집도 두 권 정도 더 내시라고 권하고 싶다.

그런 그런
그런